もしベクレルさんが放射能を発見していなければ。

大宮 理
Omiya Osamu

PHP

目次

もしベクレルさんが放射能を発見していなければ。

プロローグ

1896年2月。フランス・パリ郊外。

理工学大学校《エコール・ポリテクニーク》の研究室で、物理学者アントワーヌ・アンリ・ベクレルが、数学・物理学者のポアンカレから手渡された論文を読んでいた。

論文はドイツ・ビュルツブルグ大学の物理学者、レントゲン博士が前年の1895年11月に発表したもので、「真空のガラス管に陰極と陽極をつけたクルックス管（陰極管）から、目に見えない謎のエネルギー光線が生じているのを発見した」ことを報告するものだった。

この光線はいろいろなものを透過し、手に当てると写真乾板に骨を写すことができるという。

「なるほど……。ということは、いったん光を吸収して、また光を放出するほかの燐光性《りんこうせい》の物質も、これと同じような光線を出しているのかもしれない。この部屋に実験材料になるものはないかな……」

●1896年
明治29年。6月15日、明治三陸地震が起きる。三陸地方を大津波が襲う。

●エコール・ポリテクニーク
ナポレオンがつくったフランス最高峰の理系エリート軍事大学。エコールはフランス語で「学校」の意。ポアンカレ、ナビエ、カルノー、コリオリなど多数の科学者を輩出。カルロス・ゴーンもこの学校の出身者。

●ベクレル
1852〜1908。放射線の発見者。この功績により1903年にノーベル物理学賞を受賞。

雑多に物が置かれた研究室を調べると、硫酸ウラニルカリウムというウラニウム塩（ウランの入った化合物）の塊《かたまり》があった。ウラニウム塩は、晴天の昼間に日光浴のように太陽光を吸収させると、夜、暗くなってから光ることが知られていた。

「まず、これに太陽の光を当ててみよう」

ベクレルはさっそく、写真乾板を用意し、それを黒い布で覆《おお》い、その上にウラニウム塩の塊を置いて太陽光に当てておくことにした。

数日後、写真乾板を取り出して現像してみると、ウラニウム塩の塊がくっきりと写っていた。

「やはりな。太陽光のエネルギーを吸収して興奮したウラニウム塩が、さらに目に見えない光線を出して乾板が感光したんだ。ポアンカレ君が言ったことは正しかった」

ベクレルは満足げにうなずいた。ポアンカレは論文を渡すときに、

「発光が強い物質は目に見える光のほか、X線も出すのではないか」

という仮説をベクレルに告げていたのだ。

翌日も同じような実験をしようとしたが、あいにくの曇り空で、太陽は拝めそうにない。

落胆するベクレルのもとに、見知らぬ男が訪ねてきた。

●ポアンカレ
1854～1912。フランスの数学・物理学者。数学の難題「ポアンカレ予想」で有名。

●クルックス管
陰極管のこと。真空にして高電圧をかけると、電子が飛び出してくる。そこから未知の光線であるX線が出ているのをレントゲンが発見した。

●写真乾板
フィルムが発明される前に使われていた、ガラス板に感光剤を塗ったもの。

●ウラニウム
ウランの海外での言い方。

「先生、科学雑誌の取材でおうかがいしたのですが……」

30代半ばに見えるその男は、少したどたどしいフランス語で話しかけてきた。明らかにフランス人ではない。

ベクレルはこの突然の訪問者を怪しく思わないではなかった。が、実験の興奮を誰かに伝えたくてしかたなかったベクレルは、男を研究室に招き入れた。

「先生はいま、どのような研究をなさっているんですか？」

「クルックス氏が発明した陰極管から、どうやら謎の光線がたくさん出ているようなんだ。先だっても、ビュルツブルグ大学のレントゲン博士がまったく未知の光線Xを発見したので、その光線を調べたいと思っていたところでね。まず蛍光《けいこう》性のある物質の性質を調べようとしていたんだが、今日は残念ながら太陽が出ていなくて……」

「それは興味深いお話ですね。先生、そんなにがっかりなさらず、数日待って、また晴れたら実験をおやりになればよろしいではないですか。目につくところに置いておくから、落ち着かないんです。晴れ間が出るまで、いっそのこと引き出しのなかにでもしまっておきましょう」

「それもそうだ。急ぐ必要はないからな。次の科学アカデミーの月曜定例会でぜひとも発表したいと思っているんだが、開催は3月2日。まだ十分、時

《元素こぼれ話》
ウランやプルトニウムが放射線というエネルギーを出して壊れていくとき、2つのパターンがある。自然に放射線を出して壊れていくパターンと、核分裂といって急激に壊れてちぎれていくパターンである。いずれも放射線を出して別の元素になるのだが、生じた別の元素もまた放射線を出す凶暴なものだったりするのでやっかいである。

間はある」

ベクレルは男のすすめに従って、写真乾板とウラニウム塩の塊を机の引き出しにしまった。この行動が、後世、人類に大きな発展と悲劇をもたらす発見につながることなど、知る由《よし》もなく……。

訪問者は、ベクレルの手元を意味ありげにじっと見つめていた。

第0話 謎の男

201X年。神奈川県某市の市民ホールで、「元素・物質・宇宙」についての公開市民講座が開かれていた。講師は鳴門《なると》レオ、36歳。この若さで帝都大学理学部の教授を務める、優秀なサイエンティストである。

――宇宙のありとあらゆる物質は、その最小の単位である原子からできています。原子には、キャラクター別に100種類以上あり、この原子の種類が物質の究極的な成分の違いでもあるわけです。この究極的な成分を元素といいます。

身近なものに置き換えて考えれば、違いがわかりやすいかもしれませんね。たとえば、スーパーマーケットのくだもの売り場を思い浮かべてみてください。グレープフルーツとかメロン、リンゴという種類が元素で、そこに並んでいるくだもの1個1個が原子にあたります。

●元素
エレメント。ラテン語のelementum（世の中の根元をなすもの）に由来する。

●原子(アトム)
紀元前400年ごろ、古代ギリシャの哲学者、デモクリトスが、「これ以上分割できないもの」という意味で「アトモス」と名づけた。a(～ない)＋tomos（切る）。ちなみに、CTスキャン（コンピュータ・トモグラフィ）のTも「切る」で、切断写真の意味。

ここで、原子の構造を説明しておきましょう。

原子はパチンコ玉みたいなもので、分解すると、真ん中に原子核という塊があり、その周りを電子がまわっています。太陽の周りを惑星がまわっているように、原子核の周りを、電子がある規則性に基づいて決められたところをまわっているのです。電子がまわるところを電子殻といい、中心の原子核から、同心円状に何個も広がっています。

原子核には、プラスの電気を持つ陽子と電気を持たない中性子が集まっていて、陽子と中性子の数の合計を質量数といいます。みなさん、ウラン２３５などという言葉を耳にしたことがあるかと思うのですが、この２３５という数字が質量数なのです。

では、元素はいったい何で決まるのかと言えば、原子核にある陽子の数の違いで決まります。陽子が1個の原子は水素原子（H）、陽子が6個で炭素原子（C）、陽子が79個になると金（Au）になる。こうして万物の源になる１００種類以上の元素の原子ができあがっているわけです。

元素を絵の具にたとえて説明してみましょう。

ここに赤色、青色、緑色、黄色、白色、黒色の6色の絵の具セットがあるとします。絵の具の色の違いが元素で、その絵の具の混ぜ方によって、ありとあらゆる色がつくりだせるわけです。

●原子の重さ
重さは原子核によって決まる。いちばん小さな水素原子の場合、原子核を東京駅に置いた1ｍの球とすると、電子までの半径は１００㎞。原子はスカスカ。原子核だけが密集した中性子星は、角砂糖1個の大きさで10億トンになる。

●陽子
陽子の数を原子番号といい、これが元素を決める。運動選手の背番号みたいなもの。

●質量数
質量数＝陽子数＋中性子数。元素記号の左肩に書く。

自然界は、１００種類以上の絵の具を使って、ありとあらゆるものを生み出して彩《いろど》っているのだと言えますね。

赤色だけ、黄色だけ、という色を混ぜない状態のように、1種類の元素の原子だけを集めたものは単体、赤と白を混ぜてピンクにしました、というような2種類以上の元素を組み合わせたものを化合物といいます。

現在、知られている化合物は１５００万種類以上もあり、世界じゅうの大学や研究所で毎週４００種類以上の新しい化合物が合成されています。まさに化学こそが、新しい物質を生み出す究極の魔法と言えると思います。

私はまだ魔法使いの見習い、といったところですが……。


講座を終えると、レオは都内にある大学病院へと急いだ。入院中の婚約者、三枝《さえぐさ》量子《りょうこ》を見舞うためである。

量子は3カ月前から体調を崩し、レオの高校時代の友人である太田肇《はじめ》が勤務する大学病院で精密検査を受けていたが、数日前から昏睡《こんすい》状態に陥っていた。

「検査結果が出たんだが……」

太田は言いにくそうに言葉を飲み込んだ。

「太田、おれとおまえの仲だろう。正直に言ってくれ。量子の病気はいった

●化合物
2種以上の元素が組み合わさったもの。レゴブロックのように、さまざまな元素をつなげて無限に化合物をつくることができる。

い何なんだ？」

「……原因不明の脳の病気だ。ＭＲＩの所見では異常はないんだが、膠原病《こうげん》のような免疫疾患によって、脳のほんのわずかな部分が破壊されているのかもしれない」

膠原病というのは、人間の体の防御機構である免疫システムが自分の体を攻撃する、やっかいな病気である。

「現在の医療技術では、量子さんのような免疫疾患を治すことは不可能だ。うちの大学病院でも、世界最高峰といわれるジョンズ・ホプキンス大学の医学部でも、ハーバード大学の医学部でも、多分、無理だろう。言いづらいんだが……量子さんは劇症のタイプだから、このままだと長くて1年、かもしれない……」

生き物の本質は、自己と非自己の区別にあり、その区別をつかさどるのが免疫である。それが暴走したとなれば、生命の存続にとって最大の危機と言える。レオにはその病気がどれだけ重いものか、痛いほどわかった。

レオは集中治療室に入り、たくさんのチューブがつながれた量子の寝顔をじっと見つめた。昏睡状態になっていても、量子は知性を感じさせる美しい女性だった。

量子の細い手を握り、レオは、

●ＭＲＩ
磁気共鳴イメージングの略。巨大な磁石の磁場を当て、ヤマビコのようなデータから臓器や組織の精密な断面画像をつくる。化学者が分子の構造を調べるさいに使うＮＭＲ（核磁気共鳴スピン分光装置）と同じ原理。

●免疫システム
免疫細胞は胸腺でつくられ、自己を攻撃するものはすぐに削除され、非自己の外敵と戦うものだけが残される。そのメカニズムはよくわかっていない。

――量子、必ず僕が助けてやる。

と固く心に誓った。

自宅にもどると、レオは量子の治療のヒントになる情報はないかと、時間がたつのも忘れてキーボードを叩きつづけた。だが、調べれば調べるほど、希望が遠のいていくように感じられた。そんなレオのもとへ、1通のメールが届いた。

「ミスター鳴門。われわれはあなたの力を必要としています。また、量子さんの治療について、われわれからアドバイスがあります。もし興味を持っていただけるなら、明日の夜7時に、銀座のコンラート・ホテルのバー・クロノスでお会いしたい……」

たちの悪いいたずらだろうか。いや、ひょっとして、太田が手配してくれたのかもしれない。とにかく、いまは何でもいいから、量子を助ける手がかりが欲しい――レオは藁《わら》にもすがる思いで「必ずうかがいます」と返信した。


翌日、レオは愛車のフィアット500、チンクエチェントを駆ってコンラート・ホテルに向かった。

バー・クロノスは地下のフロアにあった。レオがドアを開けるやいなや、「鳴門さまですね。お待ちしておりました」とバーテンダーに声をかけられ、

●クロノス
ギリシャ神話に出てくる時間の神のこと。クロノグラフとかシンクロとかの語源。

奥の席へ案内された。

暖炉横の暗がりのテーブル席に、１人の外国人風の男が座って葉巻をくゆらせている。

「はじめまして、ミスター鳴門。よく来てくれた。まあ、かけたまえ」

レオがテーブルに近づくと、男は立ち上がろうとするでもなく、むしろ高圧的な態度で、自分の前の席をすすめた。カリスマ医師というより、人の不幸につけこむ詐欺師かもしれない。

「単刀直入に言おう。元素に関する君の科学的知識や、化学的な知恵を借りたい」

男は流暢《りゅうちょう》な日本語で言った。

「ちょっと待ってください。あなたはいったい誰なんですか。まだお名前もうかがっていませんが」

「申しわけないが、名乗ることはできない。そういう規則なんだ。ただ君にとって、絶対に悪い話ではないことは保証する。どうしても私の名前が必要だというなら……シガーマンとでも呼んでもらおうか」

「……」

「守秘義務に則《のっと》って仕事をやり遂げてくれたら、君が望むだけの報酬を用意しよう。われわれは君がいまいちばん欲しいものを提供できる。われわれに

《元素こぼれ話》
ビッグバン（高密度のエネルギーから物質・宇宙ができた大爆発）の1ピコ秒（ピコは1兆分の1）後に、レプトン（電子など）やクォーク（陽子や中性子のもと）ができた。0・0001秒後には陽子や中性子が、1分後にはヘリウムやリチウムなどの原子核ができた。

不可能はない」

「不可能はない、ですか？」

「そうだ。ノーベル賞クラスの論文でも、最新型のフェラーリでも、木星旅行でも、何でもだ」

「ミスターシガーマン、僕が欲しいのは……」

「わかっている。君のフィアンセの治療法だろう。任せてくれたまえ。たとえＤＮＡレベルや糖鎖レベルでの治療であっても、われわれの医療技術なら何でも可能だ」

いかさま詐欺師なら、歴史に名前が残るレベルかもしれない。自信たっぷりなシガーマンの答えに、レオはある意味、感嘆せずにはいられなかった。

「あなたたちはいったい、どんな最先端医療の技術を知っているんですか？」

「いいかね、ミスター鳴門。ここからの話は他言無用にしてほしい。信じるかどうかは君の自由だが、われわれは１００年先のテクノロジーまで熟知している。しかも、それを自在に使うことができるのだ」

レオはとまどった。あまりにも荒唐《こうとう》無稽《むけい》な話なのに、シガーマンと名乗るこの男の言葉には、なぜか真実味がある。

「嘘だと思うなら、この裏蓋を開けてみるがいい」

レオがシガーマンから手渡された携帯デバイスの裏蓋を開けて超小型の薄

●ＤＮＡ

デオキシリボ核酸といい、生命（蛋白質）の設計図となる分子。ヒトの細胞のうち10兆個に同じＤＮＡが入っていて、それぞれは2メートルにもなる。1人分すべてつなげると、地球と太陽のあいだを60回往復できる長さになる！

●糖鎖

細胞の表面に糖類といわれる分子がアンテナのように並んでいて、相手の分子の認識やシグナルの伝達にかかわっている。インフルエンザのウイルスは、ヒトの赤血球の表面の糖鎖をターゲットに侵入してくる。

型バッテリーを外すと、その横にメイン回路と思われるボードが差し込まれていた。

「好きなように分解してもらってかまわない」

レオは恐る恐る、薄い回路の基板を外してみた。それは切手くらいの大きさと厚さだった。明らかに、現代のテクノロジーでは不可能なレベルのものだった。おそらく、インクジェットプリンタのようなもので印刷してつくられた回路だろう。冷や汗が滲《にじ》んでくる。

「これは……有機化合物の分子レベルの集積回路やコンデンサーを印刷してつくった回路ですね。まさに真の〝プリント〟基板です。こんな技術があるとは……」

「そう、現代ではまだ存在しない技術だ。シリコンバレーの試作品でもない。君たちの西暦で言えば、２０４０年頃の技術にあたる。まあ、私にとっては、これでもジャンクものでしかないがね」

レオは電子回路を穴の開くほど見つめた。１００年前の人が、コンピュータの集積回路のシリコンチップを見たときの反応と同じかもしれない。

「われわれは、君のことはすべて知っている。君を選んだのは、君がサイエンティストとして大きな世界観を持ち、自分が生きている時空を超越した未来を受け入れられるだけの度量と価値観があると見込んだからだ」

●**基板**
将来は電子回路も印刷でつくる時代になるだろう。

●**分子レベル**
分子サイズの微小な技術をナノテクノロジーという。

●**コンデンサー**
電流をきれいに流したり、電気をためたりする装置。電子回路には不可欠。

●**シリコンバレー**
アメリカ・カリフォルニア州の、コンピュータ関連企業が集まっている地域。

●**シリコンチップ**
シリコン（ケイ素）に電子回路を刻んだもの。切手くらいの大きさに、昔のハンダ付けの回路なら市街地の広さに相当する面積の電子回路がつくりこまれている。

「おっしゃるとおり、僕はサイエンティストとして、〝今日の非常識は明日の常識〟をポリシーとしています」

「それでは率直に聞こう。君は、人類が将来、タイムマシンを実用化すると思うかね？」

「……最先端の物理学や量子力学では、理論的には可能だと言われています。そうですね、２００年後くらいにはできるのではないでしょうか」

「じゃあ、タイムマシンができたとして、君が過去にもどって自分を殺しても、つじつまが合うだろうか」

「量子力学で流行っている〝多世界解釈〟というものですね」

レオはメモ帳から付箋を取り出し、シガーマンの葉巻の先で火をつけると、灰皿のなかで燃やした。

「いまこの時点から、この付箋がない宇宙が始まりました。宇宙は無限に存在し、無限に生成する、ということです。僕がこのグラスを床に落として割れば、そこから新しい時空、つまりグラスが割れた世界が始まります。ですから、僕がタイムマシンで過去にさかのぼって5歳の自分を殺した場合、その瞬間から、そこには36歳の僕がいる新しい世界が始まるわけです。タイムマシンに乗る前の、もといた世界は認識することすらできなくなります」

「つまり量子宇宙論で納得しているわけだね」

●量子力学
ミクロな素粒子（量子＝クォンタム）を扱う物理学。量子とはエネルギーの塊。

●多世界解釈
量子力学において、観測する前は複数の宇宙があり、観測することにより1つの宇宙に収束するという考え方。「シュレーディンガーの猫」というパラドックスがあり、暗箱のなかに1匹の猫がいて、ある実験をすると、箱のなかを見るまで猫は生きている状態と死んでいる状態が重なりあっているという結論になる。この解釈についてもめてきたが、最近の多世界解釈では、猫が生きている宇宙と死んでいる宇宙の２つがあり、箱を開けて見た瞬間に、どちらかの宇宙に収縮したと考えられている。

「はい、僕は多世界解釈の支持者ですから。量子力学では、1つの電子が異なる2つのドアを同時にすり抜けていきますが、それは常識ではありえません。物理学者はこれまで、その解釈に頭を悩ませてきました。つまり、AのドアとBのドアを通るそれぞれの宇宙があり、実際に観測した瞬間、どちらかを通った、と決まって1つの宇宙に収束するのです。でも、それは素粒子レベルの話であって……」

「そこまででオーケーだ、ミスター鳴門。この仕事は、誰にでも頼めるものではない。われわれは一定の審査基準を設けているのだが、君は知的好奇心、あくなき真理の探究心、そして何より重要な、やり遂げる熱意、そのすべてをクリアした」

そう言うと、シガーマンはゆっくり葉巻をくゆらせた。

「僕に何をしろというのですか?」

「過去にもどって、今日まで連綿《れんめん》と続いてきたサイエンスの歴史を守ってほしい」

「……?」

「わからないかね。まあ、無理もないだろう。ジェンナーのワクチン、ホーレス・ウェルズの麻酔、レントゲンのX線、フレミングのペニシリン……歴史に名を残す発見や発明が、あまりにも偶然すぎるとは思わないかね?」

●ジェンナー
1749~1823。イギリスの医学者。天然痘のワクチンを開発し、「近代免疫学の父」として知られている。

●ホーレス・ウェルズ
1815~1848。アメリカの歯科医。娯楽ショーで笑気ガス(一酸化二窒素)を吸い、酔ったような様子の観客が、ひざをぶつけて出血していても痛がっていないのを見て麻酔を思いついた。

●フレミング
1881~1955。イギリスの細菌学者。シャーレでバイキンを培養中、偶然入った青カビがバイキンを殺しているのを見つけて、初の抗生物質「ペニシリン」が発見された。

第０話　謎の男

「たしかに発見にいたるエピソードが、あまりにも偶然というか、ドラマチックな感じはします。まったくの偶然を、幸運にも見逃さないでドラマチックに発見することを〝セレンディピティ〟といいますが、人類はこのセレンディピティで綱渡りのごとくうまく渡ってきたのではないでしょうか」

「そんなギリギリの綱渡りが、これまで何千年ものあいだ、持ちこたえてきたのは不思議だと思わないかね？」

「そうですね。僕も学生の頃は、そういった偶然の発見とか発明を知るにつけて、誰か、神のような超越者が教えているのではないかと考えたことはあります。何か時空を超えた創造主というか、ウパニシャッドの哲学でいうところのブラフマン（宇宙の最高神）というものを感じたこともありました」

「分子が集まったスープのようなものが、40億年たってインターネットをつくるほどの知的生物になると思うかね？　誰かが導いてくれた、と考えるのが当然ではないだろうか。そこでだ、君がブラフマンとして偶然やセレンディピティを促し、人類の歴史を進歩させてほしい。とはいっても、直接に手を下してはならない。人類の知性が、この先も歴史をみずからの力で歩んでいかなければならないのだ」

レオは思わず身を乗り出した。

「具体的には何をすればいいんですか？」

●セレンディピティ
偶然を発見する能力。童話「セレンディップの3人の王子」から。

●ブラフマン
古代インドの経典「ウパニシャッド」に示された、宇宙のすべてを構成してすべてに普遍的に存在した知性。サンスクリット語の「力」に由来する。

「君は化学の知識に長《た》けたアルケミストだから、化学分野の担当だ。元素ハンターをやってもらう」

「元素ハンター？」

「いくつかの時代にもどって、元素の発見をもたらしてほしいんだ」

シガーマンはレオの目を見据えて、かすかに微笑んだ。

「タイムスリップをする場合、勝手なことは許されない。もし過去に何か変化を加えると、〝バタフライ効果〟で君の存在につながる歴史も変わり、君は二度といまいる世界にはもどれなくなる」

「でも、いままで歴史がきちんと流れてきたのは、当たり前のことじゃないですか。僕がこうして21世紀に生きているのは、過去の積み重ねの必然ですよね。ですから、その僕が過去にもどって正常な歴史を守れというのはおかしな話です。正常に続いてきたから、今日の僕があるわけですから」

「当然の疑問だな。君が未来の大統領になるから、反対勢力が殺人サイボーグを送って、過去の君、つまりいまの君を殺しにくる。でも、君は思いつく。その殺人サイボーグが自分を殺したら大統領になれないから、結局、サイボーグと戦わずに何もしないで昼寝していても大丈夫だ、と。確実に未来まで生きているから大統領になれたんだもの、と」

「そのとおりです」

●アルケミスト
錬金術師。錬金術は水銀のような金属を金に変えたり、不老不死の薬を求める術で、化学の母体になった。古くは古代エジプトで起こり、古代ギリシャからアラビア、中世ヨーロッパで行われた。パラケルススやカリオストロ伯爵といった錬金術師が有名。

●バタフライ効果
東京でチョウチョが羽ばたいたら、ニューヨークで嵐が起こるといったような、自然現象における些細なきっかけが複雑に増幅されて大きな結果を生むという考え方。

●サイボーグ
サイバネティック・オーガニズム（制御された有機体）の略。

「それは違うな。サイボーグが送られてきたことは事実だ。だから、それから身を守る努力をした結果として、つながっていった未来があるわけだ。サイボーグの前で何もしないで昼寝をしていたら、君は殺されて別の宇宙が始まる」

「量子力学の宇宙論ではそうなりますね」

「君が過去にもどってミッションをこなすからこそ、いまの君がいる世の中がある。見かけ上、時間軸は一直線だが、丸めて過去へとつなげればいい。ビッグバンから無限に枝分かれしてきたさまざまな宇宙のなかで、いま君が私と話をしている、この世界へつながっていくルート、いま君が認識しているこの世界を守るだけのことだと思ってくれたまえ」

「量子力学をつくりあげたシュレーディンガーやハイゼンベルグのような巨人たちも、その解釈を東洋の哲学、ウパニシャッドや般若心経《はんにゃしんぎょう》に求めたわけですが、要するに、いま僕がいる世界がすべてではないということですね。いま僕が認識している世界は無限にある世界のほんの1つにすぎないのだ、と」

「そう。君が認識できないだけで、別の宇宙が多数存在しているのだ」

　レオは好奇心を抑えきれず、一か八か、この話につきあってみようという気になっていた。

●量子力学の宇宙論
　1つの電子が同時に2カ所に存在できるというように、電子などの微小な素粒子の世界は日常スケールの常識とはまったく異なる。なお、量子力学によってエレクトロニクスは飛躍的に発達した。

●シュレーディンガー
　1887~1961。オーストリアの理論物理学者。素粒子の振る舞いを示す「シュレーディンガーの波動方程式」をつくった20世紀物理界の巨人。「シュレーディンガーの猫」というパラドックスが有名。

●ハイゼンベルグ
　1901~1976。ドイツの理論物理学者。数学の行列を使ってシュレーディンガーの波動方程式を解く手法を発明した。

「今日はここまでにしよう。後日、また連絡する。まずはテストもかねて、ファースト・ミッションをこなしてもらいたい」

「実技テストのようなものですか」

「そんなところだ。ところでいま一度、最後の確認だが……」

「何でしょうか」

「君にとって、生きることとは何かね？」

「生きること、ですか……僕にとって生きることとは、森羅万象《しんらばんしょう》、すべてを知ることです」

シガーマンはレオに右手を差し出し、こう言った。

「ミスター鳴門、やはりわれわれが見込んだとおりだ。これからよろしく頼む。これからは、この携帯デバイスに連絡を入れる。くどいようだが、今日の話は他言無用にしてほしい」

第1話　リンの発見

数日後、シガーマンから携帯デバイスに連絡が入った。鳴門レオは再び、バー・クロノスを訪れた。

シガーマンは同じ場所に座って、葉巻をくゆらせていた。

「君のファースト・ミッションが決まった。生き物、人体にもポピュラーで必須の、有名な元素の発見をサポートしてほしい」

「生体に必須の元素ですか？」

「生体にも、そしてわれわれが生きながらえるためにも、なくてはならない元素だ」

そう言いながら、シガーマンは新しい葉巻に火をつけた。

「マッチにも必要だな」

「……というと、リンですね」

「ミスター鳴門、では、さっそくミッションに入ってもらおう。ミッション

《元素こぼれ話》

ビッグバンのあと、宇宙が膨張して数十万年して冷えてくると、原子核が電子を捕えて水素やヘリウムの原子ができた。みなさんの体内の水の水素原子は、このときにできた137億年前のもので、偉大なビンテージなのだ！

自体は簡単だ。資料はこのカバンのなかに入っている」

レオは、やや不安げに答えた。

「科学的な内容については自信がありますが、何のトレーニングもなしに、言語はもちろん、服装や風俗まですべて異なる世界に行くとなると……」

「心配は無用だ。必要なものはすべて用意してある。カバンのなかに、君の言語中枢の脳波を読み取って自動的に翻訳するＩＣチップが入っているから、首とのどに貼りたまえ。あとは周囲に合わせて普通にしゃべればいい」

まだ自分が知りえない、未来のテクノロジーがふんだんに使われていることに、レオは興奮していた。

「ただ、時間だけは十分に注意してくれたまえ。制限時間内に、最初に君が現れた場所にもどっていないと、向こうの世界に行ったままになる。さすがに、どこでも時空を超えられるというわけにはいかないのだ。カバンのなかにある腕時計は絶対に忘れないように」

そう言うと、シガーマンは古いルイ・ヴィトンのカバンと、１６６９号室のキーをレオに手渡した。

レオは指定された部屋に入ると、指示されたとおりに準備を整え、与えられた数種類のカプセルを飲みくだした。

そして、ベッドに横になる。

●ＩＣ
集積回路。

やがて意識が遠のいていった……。

1669年、ドイツ・ハンブルク。

ドイツでは数少ない港の1つであり、貿易で栄えたこの街に、熱狂的な錬金術師として知られる医師、ヘニング・ブラントが住んでいた。彼が歴史に名を残す大発見をするとは、周囲の誰も思わなかっただろう。

ブラントの館に向かって、石畳の道を歩く男がいた。すっかりこの時代の人間になりきった鳴門レオだ。館の前に立つと、重厚なドアを叩いた。

しばらくして開いたドアの向こうに立つブラントの弟子らしい若者に、レオはこう告げた。

「東洋からやってきた錬金術師です。ブラント先生のご高名をうかがい、はるばる訪ねてきました。先生にお会いできたら光栄でございます」

ほどなくレオは実験室へ通された。実験室には、ランビキといわれるガラス製の大きな蒸留器や実験器具がところ狭しと置かれ、机の上には本が散乱している。

——ヘルメス文書、エリキサ……すべてラテン語の原本だ！　これらを全部持って帰れたら、クリスティーズのオークションで100万ユーロは下ら

●**1669年**
寛文9年。シャクシャインの乱が起こる。

●**ブラント**
1630頃〜1692。商人だったという説もある。

●**ヘルメス**
ヘルメス・トリスメギストス。錬金術の神。トリスメギストスは、「3重に偉大なもの」という意味のギリシャ語。

●**エリキサ**
不老不死の薬。

ない……。

レオはそう心の中でつぶやきながら、1冊の革張りの本を手にとると、ていねいにページを繰った。

「ウロボロス……錬金術の象徴だ」

せめてこの1冊だけでも持って帰りたいという衝動にかられているところへ、いかにも錬金術師という風体《ふうてい》の男が現れた。

「最近、金めあての怪しい奴が多くてな。あなたがほんとうに錬金術師だという証拠を見せてくださらんか？」

「かしこまりました」

レオは、ポケットから角砂糖を取り出した。少し砕いて、破片をみずから舐《な》め、ブラントにも舐めてもらった。

「おお、なんと甘いサッカルムじゃ！」

「先生、では、この白い塊に火をつけてください」

ブラントは砂糖に炎を当てたが、いくらやっても点火しない。

「火なんかつかんだろう。サッカルムがすぐに燃えるなんて、聞いたこともない」

「それでは、ポタシをください」

「ポタシだと？　ポタシをどうするのじゃ」

●ウロボロス
錬金術のシンボル。古代ギリシャ語では「尾を飲み込む蛇（ウロ＝尻尾、ボロス＝飲み込む者）」という意。円、完全を意味し、「En to pan.（すべては1つ）」という錬金術思想を表している。

●サッカルム
ラテン語で「砂糖」を意味する。サンスクリット語のサッカラから転じて、シュガーになったとか。

●ポタシ
ラテン語で「灰」のこと。

そう言いながら、ブラントは弟子にポタシを持ってこさせた。レオは角砂糖にポタシをこすりつけ、炎を当てる。すると、砂糖は見る見るうちに燃え上がった。

「おおっ！　何ということだ。ポタシにこんな作用があるとは……」

驚くブラントの目の前で、レオはマッチに火をつけた。

「なんじゃ、その火をもたらす小枝は！　恐れ入った。あなたは相当なアルケミストじゃな！」

ブラントはレオに尊敬の眼差しを向けた。

「じつはいま、ほかの金属を金にするような〝賢者の石〟を探しておるんだが……」

「ブラント先生、それほどのパワーを持つ賢者の石や元素といったら、究極的には生体のパワーしかないのではないでしょうか」

「生体とは？」

「人間がその魂として外に出すものを濃縮するしかありません」

「なるほど、それは道理にかなっておる。生命の力は神秘だらけだからな」

「そんな生体の魔力、生命力が逃げていくところを捕まえて濃縮しましょう」

ブラントの目が大きく開かれた。

「そうか！　人間の尿を集めるのじゃ！」

●賢者の石
錬金術師たちが求めた、金をつくりだしたり、不老不死をもたらしたりする物質。

「そうです。もともと尿は金色をしていますからね」

「なぜ、いままで気づかなかったのじゃろう……」

ブラントは弟子に、肥料集めの業者から尿を回収してくるよう命じた。あっというまに、手桶で50杯の尿が集められた。

「この方の助言どおり、これから、この尿を濃縮する」

「そうです。加熱、蒸留を繰り返すのです。酸の残りを追加するといいでしょう。ピュアな魂が残るまで蒸留しつづけなければなりません。それは世の中にも、先生の名声にも光をもたらすものへと変化するはずです」

「なるほど、命の根源、光をもたらすものが残るとな」

「光より始まり、光に終わるのです」

ブラントはさっそく、大量の尿を加熱処理しはじめた。上機嫌でふいごを動かし、弟子と作業しながら、レオに言った。

「いまからここに客人が来る。私の友人、ライプニッツ君だ。ぜひ会っていってくれ。偉大なる哲学者だからな」

レオは鼓動が高鳴るのを覚えた。あの微分・積分学の創始者、大数学者で偉大な哲学者のライプニッツ本人が来るというのだ。

だが、腕時計に示されたミッションの残り時間は30分を切っている。もう時間がない……。

●ライプニッツ
1646〜1716。ドイツの哲学者・数学者・政治家。微分・積分学を発明。宇宙は振動子（モナド）からなるとした。〝記号オタク〟だったと伝えられている。

「ライプニッツ君の振動子の話や、新しい数学の話は大いに刺激になると思いますぞ」

「ぜひお目にかかりたいのですが……ブラント先生、急用を思い出しました。今日はこれで失礼します。では」

部屋を出ようとするレオの背中に、ブラントが呼びかけた。

「君の名前は？」

返事もせずに飛び出したレオの横を、馬車が通り過ぎていく。

——映画のセットじゃないんだよな、これは。おれはすごいミッションを依頼されたんだ……。


1週間後。加熱、蒸留を毎日繰り返したフラスコのなかには、白い糊《のり》状のどろっとしたものが残っていた。

夜中にふと実験室をのぞいたブラントは驚愕《きょうがく》した。フラスコが光っているのだ。

「フラスコが……フラスコが光っておる！　神の光じゃ！」

ブラントの喚声《かんせい》に目を覚ました弟子が駆けつけ、恐る恐るフラスコに触ってみると、冷たいままである。

「先生、これは！」

●振動子
ライプニッツが主張したこの世界を構成する最小単位で、それぞれが予定調和を持つエネルギーのような存在。

第１話　リンの発見

「まさに神の光じゃ！」

糊状の白い物質をサジでかきとってフラスコから出すと、なんと勝手に燃えはじめたではないか。

「先生、これこそ賢者の石です！」

ブラントは闇に光る物質に見とれながら言った。

「わしはもう名前を決めておる。フォスフォラス、〝光を運ぶもの〟じゃ」


レオが目覚めたのは、コンラート・ホテルの1669号室だった。

「夢じゃないよな……」

17世紀の古臭い身なりを脱ぎ、シャワーを浴びて着替えると、ルイ・ヴィトンのカバンを下げて地下のバーへ降りていった。

「お帰り、ミスター鳴門。初回のミッションにしては上出来だ。何よりちゃんと帰ってこられたのだからな。かけたまえ」

「ありがとうございます。テストには合格したと考えていいのでしょうか」

「もちろんだ」

シガーマンはレオからカバンを受け取ると、氷の入ったグラスにヘネシーXOを注いで差し出した。

《元素こぼれ話》

白リンは空気中で自然発火するので危険だが、こういった物質はほかにもある。ナトリウムやカリウムは小さな破片でも水に触れると爆発的に反応して発火する。〝もんじゅ〟など高速増殖炉は液体のナトリウムを冷却剤として循環し、海水で冷やしているが、もしパイプに亀裂が入ったら、水と触れて大爆発を起こしてしまう。

「無事に、元素〝フォスフォラス〟、リンが発見されたお祝いだ。乾杯！」

グラスを合わせたあと、シガーマンは薄いタブレット型の端末を取り出した。画面には周期表が映し出され、Ｐのところが光っている。

レオがタッチすると、先ほどまで彼がいた実験室のイラストが現れた。ブラントが光るフラスコを仰ぎ見ている。

「今回のミッションはサイエンスの歴史、ケミストリーの歴史のなかでも大きな意味を持っている。発見者がきちんとわかっている元素のなかでは、リンがいちばん古い元素だからな。人類がはじめて実験によって元素を取り出した意義は大きい。リンが発見され、生産されるようになって、まずマッチが発明された。あれはなかなかの発明だね。いたるところで火をおこせるようになったのだから」

「そうですね。最初はマッチの先端に黄リンをつけ、ニカワを塗って包んでいました。こすると、ニカワが破れて黄リンが自然発火するんですが、ポケットの中でこすれて発火して、かなりの人が火ダルマになったようです」

「さすがに博識だな。人類はそうやって火ダルマになって教訓を得たわけだ。フグを食べた人が死ぬのを見て肝の毒を知り、テトロドトキシンの発見にこぎつけたり……。まさに試行錯誤の連続、体当たりのチャレンジでここまで来たのではないかね」

●マッチ
昔の西部劇では、靴底にこすって発火させているシーンがよく見られた。

●自然発火
怪奇現象とされるヒトダマは、生体の死骸から生じる白リンの自然発火だという説が昔からある。

●テトロドトキシン
フグの毒。もともとはプランクトンや細菌が生産する毒で、フグの体内で濃縮される。

「まさにそのとおりです。失敗から学んで、マッチ箱のほうに赤リンを塗って、こすったところが熱で黄リンに変化して発火するという現代の安全マッチがつくられるようになったんです」

「リンは身近で役立つ元素だと言える」

「リンを利用して、過リン酸石灰肥料や有機リン系の殺虫剤がつくられるようになり、農業が飛躍的に向上しました。また、放射線を出すリンによって薬の効き目や細胞レベルでの実験ができるようになったんですが……」

「何だね」

「いっぽうで、サリンやＶＸなどの化学兵器を生み出し、東京大空襲では黄リンを詰めた焼《しょう》夷《い》弾《だん》が原因で10万人も亡くなったことを考えると……」

「発見された元素をどう利用するかについては、われわれは干渉しない。プラスに利用するか、マイナスに利用するか、それはそのときどきの人類が決めることだ……」

●サリン
ドイツで有機リン系の農薬の研究中に実用化された神経ガス。第2次世界大戦後、イギリスが改良してＶＸを製造。アトロピンやＰＡＭ（パラリドキシムヨウ化メチル）が解毒剤。

リン 原子番号15

P

▶リンの原子だけが集まったもの（**単体**）には、原子のつながり方の違いによってさまざまなキャラクターのものがあります。こういったものどうしを**同素体**といいます。

▶**赤リン**はマッチ箱の側面のこするところに使われます。

▶**白リン**はP_4で表される分子で、空気と触れるだけで自然発火するなど、不安定で猛毒の固体です。

▶**黄リン**は白リンの表面が赤リンに変化して、見かけ上、黄色みを帯びたものです。東京大空襲などで使われた焼夷弾は、この黄リンをチューブに入れてクラスター爆弾にしたものです。

▶肥料として重要なものに、**過リン酸石灰肥料**があります。カルシウムとリンが含まれる化合物です。**グアノ**といわれる、海鳥の糞や死骸が堆積《たいせき》してできたものです。主成分は、リン酸カルシウムで、骨や歯の成分に似ており、ガチガチの白い岩石になります。先進国はリンの原料や過リン酸石灰の原料として、ナウル島、パラオ、南太平洋の島々やチリでリン鉱石を採掘していましたが、20世紀にとりすぎたため、ナウル島は枯渇《こかつ》してしまいました。

▶海鳥が魚などを食べて成長し、その糞や死骸からできた**リン**が肥料になり、植物になります。やがて人間や動物がその植物を食べ、その死骸からまたリンが流れ出て、川から海に流れてプランクトンになり、魚に取り込まれる――原子のレベルでは、さまざまな元素が変化しないで、そのまま**循環**しています。

第2話 タンタル

鳴門レオは、自分がリンの発見を助けるミッションをこなしたことがいまだに信じられなかった。映画のセットだったのではないか、あるいは何かのバーチャル・リアリティを体験しただけなのか、ひょっとすると薬物による幻覚だったのかもしれない……。

そうした疑いを抱くいっぽうで、シガーマンを信じるようになりつつあるのも、また事実だった。

シガーマンは言った。

「猿のような人類が、たった数万年でインターネットで世界じゅうがつながる社会、スペースシャトルや宇宙ステーションの時代までこられたのは、ただの偶然の積み重ねだろうか。必然ではないのか」

レオ自身、これまではっきりと口にしたことはなかったが、何か作為的な導きがあるような気がしていた。サイエンスの知識を深めれば深めるほど、

《元素こぼれ話》

紀元前400年頃（日本では縄文時代）、ギリシャのデモクリトスは、「原子と、何もない空間以外は何もない。ほかにあるのはみな意見だけだ」と唱え、その後、紀元前60年頃、ローマの哲学者ルクレティウスは、「人びとが自然や死を恐れ、それらの原因を神々に帰し、宗教に影響されるのは、自然や死に関する知識を欠いているからである」「宇宙の森羅万象は原子の集合、離散からなる」とラテン語の7500行の詩で説いたが、神を否定しているのでキリスト教の異端とされ、キリスト教会は発禁処分にした。

逆説的に、そうした疑いもまた強くなってくる。

——それにしても、シガーマンとはいったい、どこからやってきた人物なのか。未来からか？　異なる世界からか？

さまざまな疑問が渦巻く日々を送るレオに、シガーマンから呼び出しがかかった。レオは量子《りょうこ》を見舞った足で、コンラート・ホテルのバーに向かった。

「ミスター鳴門、さっそく次のミッションに入ってもらいたい。次の元素は、このＩＴ時代、携帯電話やノートパソコンといった電子機器に必須のものだ」

「ということはシリコン、つまりケイ素ですか？」

「いや、違う。かつてはアフリカのルワンダやコンゴなど、限られた地域でしか産出していなかったレアメタルだ。この元素の供給がこれからのＩＴ社会の命運を握る、それくらい重要な元素だよ」

「レアメタルですか……」

レアメタルとは、供給が限られる元素で、リチウム、白金、希土類元素（レアアース）などを含めて47種類ある。

「アフリカのコンゴ……タンタルですかね」

「そうだ。君にはタンタルの重要性がわかるだろう」

「タンタルは携帯電話やノート型パソコンなどのコンデンサーに使われてい

《元素こぼれ話》
レアメタルは陸上では偏在しており、中国、アフリカ、ロシア、カナダなどが主要産地である。マンガンやコバルトは、深海の海底に、マンガンノジュールやコバルトリッチクラストといわれるジャガイモのような塊で多量に存在している。レアアースなども深海の海底の泥などに豊富に含まれる。
やれデイトレだのＦＸだのと喧伝されているが、地球上の経済の出発点は、こういった資源から元素を取り出して物をつくるわけで、経済の出発点が資源としての元素である。

て、コンデンサーの小型化にはなくてはならない元素です。これをアルミニウムなどほかの元素を用いたコンデンサーにしたら、携帯電話はいまの5倍くらいの大きさになってしまいます」

「まさに現代社会を支える元素じゃないか」

「ただ、レアメタルは大きな社会問題も引き起こしています。先進国の商社が、アフリカの鉱山、多くは反政府ゲリラが所有しているのですが、そこに買い付けにいって、タンタルの原料鉱石と引き換えに莫大な金を支払っている。それが彼らの財源となって、アフリカでは内戦が続いているのです。しかも鉱山では、子どもまでが採掘に駆り出されています」

「原料の鉱石を買い付けて支払うマネーが、結局、先進国の大企業が売りまくる兵器の代金として還流してくるとは、マッチポンプもいいところだな」

「そう考えると、タンタルやレアメタルの発見、そして利用という人類の歴史を、手放しにほめ称えてもいいのか……」

「ミスター鳴門。もし君に迷いがあるようなら、このミッションを依頼することはできない。迷いは失敗のもとになる。私は、元素を発見することと、それをどう活用するかは、別の問題だと思っている。人類がみずからの知性でその進路を決めていけばいいのではないかね」

「……おっしゃるとおりです。やらせてください」

《元素こぼれ話》

タンタルは供給も価格も不安定なので、似たような性質を示すニオブを用いたコンデンサーに切り替わってきている。最近では、供給不安定、あるいは高価な元素を用いた部品を、ほかの安価で安定供給されている元素に置き換える技術開発が盛んだ。

●アフリカの鉱山

このへんの社会的構造については、映画「ブラッド・ダイヤモンド」や「ロード・オブ・ウォー」が象徴的である。

レオはそう答えて、ルイ・ヴィトンのカバンと1802号室のキーを受け取った。

1802年、スウェーデン・ウプサラ。

今回のミッションでレオが接触する相手は、アンデルス・グスタフ・エーケベリ。小さいときの病気がもとで難聴になり、34歳のときに、実験のため手に持っていたフラスコが爆発して片目を失明した。

しかし、勉強熱心で好奇心旺盛だったエーケベリは、化学だけでなくギリシャ文学や絵画などにも精通していた。35歳でウプサラ大学の教授となり、研究に没頭していた。

レオは海外からやってきた研究者を装い、エーケベリの研究室の見学を申し込んだ。

「エーケベリ先生のご名声は、海外でも広く伝わっております。お目にかかれて光栄です」

「遠くからよくおいでくださいました。このとおり、私は耳も遠く、片目もやられております。ただ……かつて、ギリシャの偉大な詩人たちが自然を愛《め》で、その美しさに美しい詩で応えたように、私もこの自然を生み出している

●**1802年**
享和2年。十辺舎一九、『東海道中膝栗毛』初編刊行。

●**エーケベリ**
1767〜1813。

元素たちの美しい世界の詩を書きたいと思っています。私の体の不具合なんて、取るに足らないことです」

「先生の化学への情熱を、私たちにも分けていただきたいものです」

「化学といっても、鉱石の分析ばかりですよ。ただ、これから化学という学問は巨大になっていくと思います。ですから、人生を捧げる価値は十分にあるでしょう」

「ところで先生、いまは何を分析しておられるのですか？」

「イッテルビー村から採れる石には必ずや新元素があるに違いない、と思って調べているところです。ただ、あれこれ試しているのですが、なかなか思わしい結果が得られません。じつのところ、もうサジを投げたくなっているのです。何か知恵を貸していただけるとありがたいのですが」

「王水は使われましたか？」

「ええ、試してみました。だが……」

「何かうまくいかないことでも？」

「うまくいかないというか……王水に溶けない成分があるようなんです」

「先生！　それこそ、新しい金属を含む成分ではないでしょうか」

「そう信じていいものかどうか……」

「王水にも溶けないなんて、白金などを凌《しの》ぐ新しい金属に違いありません。

●イッテルビー村
スウェーデン・ストックホルム郊外の村。スウェーデン語で「へんぴな村」という意。

●王水
濃硝酸と濃塩酸を混ぜた酸で、ほとんどの金属を溶かすことができる。

新元素の発見も近いですね！」

「そう言ってもらえると、ちょっと自信が湧いてきます。ますます困難にチャレンジしていかなければなりませんね」

「発見を楽しみにしております。……そうだ、もし新元素が見つかったら、先生のお好きなギリシャ神話にちなんだ名前をつけるというのはいかがでしょうか」

「ほほう、ギリシャ神話ですか。それはいい考えかもしれない」

「先生がこれだけ探しても、なかなか見つからない元素ですから、どうでしょう、〝じれったい〟とかそういう意味のものは」

「〝じれったい、じらしてくる〟ですか……」

「ギリシャ神話で、ゼウスの怒りを買って、水を飲もうとしても与えられず、じらされつづけたと言えば……」

「リディアの王、タンタロスだ！　すばらしい！　もし元素が見つかったら、タンタロスにちなんだ名前にしますよ」

　エーケベリは新元素の名前が気に入ったようだ。上機嫌でレオに言った。

「それにしても、あなたは相当な文化人とお見受けした。文学にも造詣《ぞうけい》が深いとは」

「いえいえ、浅学でお恥ずかしいです。先生、ぜひあきらめずに新元素を発

●**タンタロス**
　ギリシャ神話で、自分の息子を煮て神々とのディナーに供した罪で地獄に送られた王。水を飲もうとすると水が引き、くだものをとろうとすると樹は上に伸びて、永遠に渇きと飢餓に苦しめられた。娘の名前はニオベで、ニオブという元素名になっている。

見してください」

そこに1人の学生が訪ねてきた。エーケベリはレオに紹介した。

「医学部のベルツェリウス君です。優秀な学生ですよ。医学よりも化学に通じているくらいです」

「エーケベリ先生の教えのおかげで、すっかり医学より化学の学徒になりました」

学生は、笑顔で答えた。

――この青年が、化学の歴史に名を残す巨星、ベルツェリウスなのか！

「はじめまして。ベルツェリウスさん」

レオは震える手で、青年と丁重に握手をした。

ベルツェリウスは、それまでの複雑怪奇な元素記号に変わって、炭素をC、酸素をO、窒素をNとする現代の元素記号をつくった化学の大功労者である。

エーケベリは自慢げに言った。

「このベルツェリウス君が、やがて世界の化学を変えていきますよ」

「先生の歴史に残る発見は、新しい金属以上に、この青年かもしれませんね」

「ハハハ、なんともうれしいことをおっしゃいますね」

ベルツェリウスの才能に相当惚《ほ》れ込んでいるのだろう、エーケベリは、レ

●ベルツェリウス
1779〜1848。スウェーデンの化学者。19世紀前半の化学の帝王。原子量の決定や現在のアルファベットを用いた元素記号をつくるなど、化学の近代化に貢献した。苦労人で、56歳のとき、32歳も年下の女性と結婚。初婚だった。弟子には有機化学の創始者、ウェーラーがいる。

オの言葉に手放しで喜んだ。

「先生、残念ですが、私はそろそろおいとましませんと」

　レオは続けて、「汽車の時間ですので……」と言いかけて、あわてた。まだ蒸気機関車など発明されていない時代だ。

「またいつか、ご訪問させていただきます。では、ベルツェリウスさんもお元気で」


　エーケベリは鉱石の残りの成分の分析に、いっそうのめりこんでいった。研究室には、王水の放つ酸の匂いが立ち込めた。

「この新しい元素は、酸にも溶けないので分離が困難だな。水を飲もうとしても与えられず、か。まさに〝タンタロス〟だ」

　根気よく研究を続けた結果、エーケベリはついに新しい金属元素を発見し、「タンタル」と名づけたのである。


　レオはタイムスリップからもどると、ホテルのバーでシガーマンに報告した。

「エーケベリ先生は、ほんとうに偉大な、尊敬できる方でした」

●**蒸気機関車**
石炭を燃やした熱で水を水蒸気にし、その力で車輪を動かす。１８０４年に発明された。

「ほほう、彼の生き方に感銘を受けたのかね」

「ハンディキャップをものともしない強靭《きょうじん》な精神を持ち、さらに科学と芸術を愛する、まさにダ・ヴィンチに匹敵《ひってき》する巨人と言ってもいいと思います。彼のような師から、ベルツェリウスのような偉大な化学者が生まれるんですね」

「ミスター鳴門。君もエーケベリ先生にならって、この先、ノーベル賞よりもっと大きいものを発見することをめざしたらどうかね」

「もっと大きいもの……?」

「そう。人を育てるということだ。父レオポルト・モーツァルトから偉大な息子アマデウスが育ち、ミンコフスキー先生からアインシュタインが育ったように。あるいは、ヒルベルト先生から天才ノイマンが育ったように、だ」

シガーマンは葉巻をくゆらせながら、

「人は人を残すことしかできない。その積もり積もったものが人類の歴史だ。そして私は、ミスター鳴門、君を見出した……」

と言って小さく笑った。

それは、シガーマンがレオにはじめて見せた、人間味溢れる表情だった。

●ミンコフスキー
1864~1909。「ミンコフスキー空間」と呼ばれる4次元空間を扱う数学をつくった巨人。スイス・チューリヒ工科大学時代、アインシュタインに数学を教える。44歳で急逝。

●ヒルベルト
1862~1943。ドイツ・ゲッティンゲン大学でノイマンを教えた数学の巨人。現代数学の父。

●ノイマン
1903~1957。ハンガリーの数学者。アメリカへ移住後、原子爆弾、核兵器、戦略ミサイルの開発に携わる。コンピュータの基礎的理論をつくった天才。

タンタル 原子番号73

Ta

▶タンタルは白金に似た銀色の光沢ある金属で、産地が限られた**レアメタル**の１つです。非常に硬く、強烈な酸でも溶かすことができない安定した金属です。

▶生体組織とは拒絶反応やアレルギーをいっさい生じないことから、人工関節のパーツや骨のジョイント、歯のインプラントの部品として使われています。

▶おもな産出国は、オーストラリアやコンゴ、カナダ、タイ。とくにアフリカの真ん中にある**コンゴ民主共和国**は、タンタルをはじめコバルト、ダイヤモンド、ウラン、ラジウムなどの鉱産資源が豊富で、広島に投下された原子爆弾の原料は、当時ベルギーの植民地だったコンゴ産のウランでした。

▶ＩＴ機器の分野では、タンタルの酸化物をコンデンサーに使います。タンタルコンデンサーは、その大きさを、同じ性能のアルミニウムを使った従来のコンデンサーの約60分の１にすることができるため、現在のポータブルゲームや携帯電話、iPadなど、小型電子機器を実現させた立役者なのです。

▶価格は、昨今の携帯電話や携帯機器ブームで上昇し、2000年には１年でおよそ10倍に吊り上がりました。この先、供給が不安定になるかもしれないタンタルに変わって、性質の似ているニオブを利用した**ニオブ・コンデンサー**の開発が急がれています。このように供給が不安定な元素から、性質の似た、より供給されやすい元素で代替するものをつくりだそうという動きが最近の研究では流行になっています。

第3話　バラ色の元素

「今晩、新しい元素発見の旅に出てもらいたい」

鳴門レオのもとに、シガーマンから次のミッションの連絡が入った。

「今度の元素は何ですか？」

「すべての自動車にとってかけがえのない元素だ。といっても、君の乗っている年代物のフィアットにはついていないがね」

「酸素センサーに使うジルコニアですか？」

「それに近いものだ」

「それならキャタライザーの三元触媒ですか。白金、パラジウム、ロジウムのどれかですね」

「ご名答！　イギリスのウォラストン博士に会ってきてほしい。彼は歴史に残る元素の発見者だから、くれぐれも失礼のないように」

そう言って、シガーマンはルイ・ヴィトンのカバンと1803号室のキー

●ジルコニア
ジルコニウムの酸化物。酸素を吸収し、酸素イオンとして流すので、排気ガス中の酸素のセンサーとして使われる。模造ダイヤモンドにも使われる。

●触媒
化学反応を加速し、起こりにくい反応も一挙に起こす仲介物質。現代の〝賢者の石〟である。ギリシャ語の「カタリシス」に由来する。cata(完全に)＋lysis（分解する）。

●水俣病とパラジウム
水俣病で有名になった水銀汚染を引き起こしたアセトアルデヒドの製造工程にとってかわったのが、1959年にドイツで発明されたヘキスト・ワッカー法という合成法。パラジウムの化合物を含んだ水溶液が触媒として使われる。もっと早くこの方法に切り替えていれば、水俣病の被害は少なかったかもしれない。

をレオに渡した。

１８０３年、イギリス・ノーフォーク。

レオはウィリアム・ハイド・ウォラストン博士の研究室のドアをノックした。今回も、エーケベリのもとを訪れたときと同じく、海外からやってきた研究者という触れ込みである。

37歳の新進気鋭の研究者、ウォラストンは、物静かなインテリだった。研究者仲間から「法王」と呼ばれるほど人望があるのも、その物腰からよくわかる。

レオは、研究室に置かれた石を指して、さりげなく尋ねた。

「先生、この石は何ですか？」

「〝出来損ないの金〟といわれる、南米の鉱山で採掘された石だ。産地別にいろいろな石がある」

この頃、ブラジルでは白金の採掘が盛んに行われていた。

「先生が手元に置かれているということは、研究材料ということですか？」

「白金を多量に含む鉱石を分析しようかと思っているんだがね」

「白金との分離で、何か新しい物質が出てくるかもしれませんね」

●１８０３年
享和３年。江戸開府２００年。

●ウォラストン
１７６６〜１８２８。イギリスの化学者・物理学者・天文学者。

「そうなんだ。ただ、分離するのが大変そうでね。白金に似たものが混じっているようなんだ」

「それは慎重にやる必要があります。どうでしょう、王水のなかに入れて、そこで溶ける成分と溶けない成分を観察してみては。水銀は加熱して蒸気で飛ばし、溶けた白金はサル・アンモニアクで沈殿させて、ろ液や沈殿を子細に観察すれば……」

「ふむ、たしかに。でも、かりに新しい金属が含まれているとして、どうやって分離するかが問題だな」

「シアン化水銀を使うのはどうでしょう。新しい金属とだけ結合して、沈殿させてくれるかもしれませんよ」

「それはすごいアイデアだ！　すぐにやってみよう！」

ウォラストンはさっそく実験にとりかかった。夢中で作業を進めるあまり、ウォラストンは、レオがそっと研究室を出ていったことにも気づかなかった。

ウォラストンが溶液にシアン化水銀を1滴ずつ垂らしていくと、黄色い沈殿が生じた。この黄色い沈殿を焼くと白色の物質に変わり、さらに硫黄とともに加熱すると、なんと、キラキラ光る金属の粒が残っていた。

「まだ未知の金属だ！　これは新元素だ！」

ウォラストンはこの金属を、前の年に発見された小惑星パラスにちなんで

●サル・アンモニアク
塩化アンモニウム。

●パラス
ギリシャ・アテネの守り神の女神パラス・アテネから。

パラジウムと名づけた。彼は天文学者でもあったのだ。

「小惑星は発見できなかったが、新元素なら発見できたぞ！」

興奮冷めやらぬウォラストンの脳裏を、あの来訪者のアドバイスがよぎった。

「産地の違う別の鉱石も試してみたほうがいいですよ。白金に似た金属はたくさんあると思いますから」

――彼の言うとおりかもしれない。

ウォラストンは同じような手法で、白金を含む別の鉱石からパラジウムを取り除いた残りの溶液に塩酸を加え、シアン化水銀を分解除去した残留物を集めた。それをアルコールで洗うと、一気に溶けて暗赤色の粉末が残った。結晶はきれいなバラ色をしている。

「これも新元素だ！　立てつづけにこんなに新元素に出合えるとは。ギリシャ語でバラを表すのはrodeos……よし、ロジウムと名づけよう！」

さらに水素と反応させて、金属の粒状ロジウムもつくりだした。

こうしてウォラストンは、パラジウムとロジウムの発見だけでなく、糖尿病の研究や天文学などでもイギリスを代表する科学者となった。

レオは、ウォラストンの研究室をそっと抜け出ると、腕時計に目をやっ

●**rodeos**
バラ（rose）の語源。

た。残り時間はまだ3時間ほどある。

「今回のミッションは楽勝だったから、残った時間でちょっと観光旅行でもさせてもらおう。もちろん、歴史に干渉しない程度に……。これはアインシュタインやビル・ゲイツにも体験できない、究極の観光旅行だ！」

レオは遠足に出かける子どものようにワクワクしながら、街を歩いた。

「1803年と言えば、トレビシックが蒸気機関車を発明する前の年だ」

当然、携帯電話もなければ、自動車もない。その素朴な街並みに感動を覚えつつしばらく歩いているうちに、レオは一軒の店の前に出た。開け放たれたドアからなかをのぞいてみると、棚に薬のビンらしきものが並んでいる。

「薬局だろうか。サンタマリア・ノヴェッラのようなものかな。でも、おかしいな。ドアが開いてるのに誰もいない」

好奇心にかられたレオが店に入ったとたん、背後でドアが閉まった。外から鍵穴をいじる音がする。レオは力いっぱいドアを押したり引いたりしたが、重い木のドアはピクリともしない。

「しまった、閉じ込められた！」

タイムリミットが過ぎたら、現代へもどれなくなる……。

「誰か、誰かいませんか！　助けてください！」

レオは外へ向かって、大声で助けを求めた。すると、男の声が聞こえた。

●トレビシック
1771〜1833。イギリスの機械技術者。1804年に世界初の蒸気機関車を走らせた。時速8㎞で嘲笑されたが、その後、スティーブンソンにより鉄道網が拡大する。

●サンタマリア・ノヴェッラ
イタリア・フィレンツェで1200年代につくられた世界最古の薬局（修道院）の流れを汲む薬局。香水で有名。香水やシャンパーニュは、中世は修道院でつくられていた。

「これはこれは、おかわいそうに……こんなところで朽《く》ち果てるわが身を呪《のろ》うがいい……」

「おまえは誰だ！」

「名乗るほどの者ではない。残念ながら、おまえはもう21世紀にはもどれない。ここでもとの時空から分かれた新しい世界の存在となる。もといた世界は、おまえが存在しない世界として継続していくだろう」

「僕はもとの世界にもどらなきゃならないんだ！」

「ここから時空の漂流者《エグザイル》になるといい。おまえのその知識を使って、この世界で這《は》い上がってみてはどうかね？」

「いったい、僕が何をしたというんだ！」

「人類が科学を進歩させた結果、地球は汚染された。元素ハンターが活躍して、未熟で好戦的な人類にこれ以上の科学を授けたら大悲劇になる。人類は猿のままでよかったんだよ」

男が去っていく足音が聞こえた。沈黙が支配する。

自分のミッションを知っている者がいたという事実に混乱しながらも、レオは懸命に自分に言い聞かせた。

――しっかりしろ、鳴門レオ。おまえはサイエンティストだ。こんなときに頭と知恵を使わなくてどうする！　薬局なら、何か使えるものがあるはず

《元素こぼれ話》

メジャーな金属のおよその値段の比較（1kgあたり）。

・白金……450万円
・金……410万円
・ロジウム……300万円
・パラジウム……200万円
・銀……9万4000円
・ニッケル……1800円
・鉄……800円
・銅……800円
・アルミニウム……600円

まさにピンキリだ（2011年7月現在）。

だ……。

あたりを見まわすと、ハーブなどの薬草類のビンに混じって、ヴィトリオールのビンが目にとまった。

硝酸も、アルコールもある。カバンのなかから、1本の縄を探し出した。

「あと必要なものは……よし、これならいける」

腕時計に示された残り時間は2時間。

レオは急いで暖炉に火をおこした。

木綿の布を細かく刻んで硝酸と硫酸の混合液に浸し、それを暖炉で乾燥させる。次に、縄をアルコールに浸して取り出す。

あと30分、勝算は十分ある。

乾いた布を、鍵穴にできるだけ多く詰め込み、小麦粉をまぶす。アルコール漬けの縄をそのなかに入れ、2メートルほど床に引いて離れたところに持ってきた。

「さあ、ショーの始まりだ」

縄に点火すると、火は一気に鍵穴まで伝わった。次の瞬間、鍵穴が爆発した。

「やった！　これが化学の力だ！　やっぱり、化学は芸術だ！」

レオは全力で街を走り抜け、制限時間ギリギリに指定の場所にもどること

●**ヴィトリオール**
硫酸のこと。

●**鍵穴が爆発**
木綿からつくることができる物質でも爆薬になる。セルロースでできた木綿をニトロセルロースにすると爆発を起こす。

第３話　バラ色の元素

ができた。

レオは着替えを済ませると、ホテルの地下のバーに向かった。

「僕のミッションを知っている人物がいて、すんでのところでもどってこられなくなるところでしたよ」

興奮ぎみに報告するレオを尻目に、シガーマンは顔色ひとつ変えず、葉巻をくゆらせている。

「心配しなくていい。君の安全はしっかり確保されている。その証拠に、今回も無事に帰ってこられただろう」

「でも、誰かが助けにきてくれたわけじゃありません。僕は自分の力で脱出してきたんです」

「脱出に必要なものはすべてそろっていた、違うかね？」

「それはそうですが……」

「ミスター鳴門、余計な詮索《せんさく》はしないようにと言ったはずだ。ただ言えるのは、今日までの人類の進歩や発展をよく思っていない連中がわれわれのミッションを邪魔《じゃま》すべく画策しているということだ。君は心配せずにミッションを完遂《かんすい》してくれればいい。必ず現代に帰ってこられる」

《元素こぼれ話》

1845年、スイスの化学者、シェーンバインが、こぼした濃硝酸と硫酸を妻の木綿のエプロンで拭き取り、そのエプロンをストーブの前で乾かしていたら、突然、燃えて消えた。これを解明し、綿火薬（ニトロセルロース）という画期的な無煙火薬を発明した。それまで500年間の硝石由来の黒色火薬の時代から、破壊的な大火砲の時代が到来した。

「……」

「邪魔する者たちとのバトルに負ければ、優秀な頭脳を失い、歴史の進歩にも影響が出る。ジョルダーノ・ブルーノやヘンリー・モーズリー、アラン・チューリングなどは、われわれが守りきれなかった悲しい結果だ。まあ、そういう結果すべてを含めての現在なのだが……。ミスター鳴門、われわれに失敗は許されない」

「わかっています」

レオはシガーマンに聞きたいことが山ほどあった。だが、なぜだかそれ以上は言葉にすることができなかった。

●ブルーノ
1548〜1600。地動説を主張し、教会から異端とされ、ローマで火刑に処された。

●モーズリー
1887〜1915。イギリスの物理学者。周期表の法則性を明らかにして、未発見の元素の予測に貢献。第1次世界大戦中に27歳で戦死した。

●チューリング
1912〜1954。イギリスの数学者。世界初の実用的な電子計算機「ウルトラ」を製作したコンピュータの父。のちに毒リンゴをかじって自殺。アップル社のマークはそのオマージュであり、bite（かじる）とbit（単位）をかけたものか。

ロジウム 原子番号45

Rh

▶ギリシャ語の「rodeos(バラ色)」から名づけられた金属です。**パラジウム**と並んで自動車の排気ガスをクリーンにする触媒に使われます。世界で**年間3トン弱の生産**しかなく、非常に希少な金属です。

パラジウム 原子番号46

Pd

▶パラジウムは白金のような銀色の金属で、世界で**年間たった30トン弱の生産**しかありません。それにもかかわらず新聞の先物取引の指標にもなっている、非常に高価な金属です。

▶相場は1Kgで200万円くらいです。その供給は6割近くをロシア、さらに4割近くを南アフリカに依存しています。

▶身近な用途では、銀歯の合金として歯の治療に使われます。自動車の排気ガスをクリーンにする触媒として微量のパラジウムが用いられています。

▶パラジウムの結晶は、自身の体積の900倍以上の水素ガスを取り込んで蓄えることができます。こうした金属を**水素吸蔵合金**といい、水素を吸収した金属は安定しており、火を近づけても燃えません。再び条件を変えると、吸収していた水素を放出することができます。理想の水素貯蔵システムで、水素をメインにしたクリーンなエネルギーの時代への応用が盛んに研究されています。

第4話　紫の煙

鳴門レオが前回のミッションで受けた精神的なショックから立ち直った頃、それを見計らったかのように、シガーマンから連絡が入った。

コンラート・ホテルの地下にあるバー・クロノスに向かうと、レオは迷いのない足取りで奥の席へと進んだ。

「先日は、ちょっと取り乱しました。失礼しました」

シガーマンの向かいに座り、レオは頭を下げた。

「このミッションを続ける気持ちに変わりはないかな？」

「もちろんです。ミッションを成功させたいという思いはかえって強くなりました。サイエンティストとして、こんな大事なミッションに携われることを光栄に思っています。それに、僕には、必ず量子《りょうこ》を助けるという大事な目標があります。ぜひ、やらせてください」

「ミスター鳴門、君なら、そう言うだろうと思っていた。私の目に狂いはな

《元素こぼれ話》

海藻や海の生物は、さまざまな元素を濃縮している。ホヤには、バナジウムを含む蛋白質であるヘモバナジンといわれる色素があり、ある種のアメフラシ、ウミウシは異常なまでにバナジウムを濃縮している。理由はまだよくわかっていない。

かったようだ。では、これが今回の資料と鍵だ」

ルイ・ヴィトンのカバンとともにシガーマンから渡されたのは、1811号室のキーだった。

1811年、フランス・パリ郊外。
ベルナール・クールトアはパリで化学を勉強したのち、父親が創業した硝石（硝酸カリウム）の製造工場を継いでいた。時の皇帝、ナポレオンは、軍事力増強のために数学・物理・化学に心血を注いだだけでなく、火薬の原料となる硝石の大量生産を指示していた。クールトアの工場も増産に忙しかった。
硝石は、それまで中近東から輸入されていたが、イギリスとフランスの戦争が始まり、さらにイギリスによる海上封鎖でフランスへの輸入はすっかり止まっていた。そこで、家畜の排泄《はいせつ》物や植物灰などから硝石と同じ成分をつくる小さな町工場が乱立するようになっていた。
当時、カリウムは木灰《きばい》から、硝酸イオンは植物を腐敗させてつくるのが一般的だった。だが、化学に精通していたクールトアは、ほかの業者とは違ってカリウムを海藻灰《かいそうばい》から得ていた。大西洋の海岸に打ち寄せられる海藻を集め、巨大なタンクで加熱して灰にし、生産していたのである。

●1811年
文化8年。国後島でロシア軍艦艦長、ゴローニンが逮捕される（ゴローニン事件）。

●クールトア
1777〜1838。フランスの化学者。

●カリウム
カリウムはアラビア語のカリ＝灰の意味。草木の灰に含まれる。英語ではポタッシュ、つまり、ポット＝壷＋アッシュ＝灰。

●硝石
灰や排泄物から得られる硝酸塩が火薬になる。日本では、富山県の五箇山合掌造り集落の硝石づくりが有名。

レオは、ミッション遂行のための下調べをしようと、クールトアの工場が休みの日をねらって忍び込んだ。誰もいないことを確認し、工場内をくまなく見てまわる。

すぐに、〝ヴィトリオール〟と書かれた硫酸の入った大きなガラス容器を見つけた。そのそばにはかまどがある。

「よし、このかまどを使えば、硫酸の水を蒸発させられるぞ。濃硫酸なら、灰と反応してあれが発生するはずだ……。あとはタンクのなかの状況を確かめておこう」

レオは、数人が入れるほどの大きな金属製のタンクのふたを開け、なかに入った。海藻灰は取り出されており、底にスラッジ（澱）がたまってこびりついている。

「明日、ここで大発見があるんだ。それにしても、こんな零細工業が２００年後には巨大な化学工業になっていくんだから、人間の力はやっぱりたいしたもんだな……」

月明かりが差し込むタンクのなかで、レオはしばし感慨にふけった。

バタン！

突然、大きな音が響いた。と同時に、辺りは暗闇に包まれた。外からタンクの蓋を閉められたのだ。

《元素こぼれ話》

近代化学の父といわれるラボアジェは、フランス革命のさい、ギロチンで処刑された。ラボアジェから火薬づくりを習っていた弟子のデュポンは、５０００冊の本とともにアメリカへ亡命した。そこで小さな火薬工場をつくり、南北戦争と2度の世界大戦で世界トップの化学メーカー、デュポン社となった。小さな工場が、ナイロン、テフロン、ケブラーといったプラスチックから、広島の原爆までつくる巨大企業となったのである。

「また、あいつらの仕業か！」

タンクは内側から開けることができないつくりになっていた。

——さすがに脱出は無理かもしれない。明日、なんと説明すればうまく切り抜けられるだろうか……。

あれこれと思いをめぐらせつつ、レオはシガーマンから渡されたカバンのなかを探った。

「おや、これは何だ？　勲章……？」

ようやく暗闇に目が慣れたレオが目にしたのは、ナポレオンによって創設され、現代でもフランスの最高勲章といわれる〝レジオンドヌール勲章〟だった。

——なるほど。ミスターシガーマンはこういう状況までお見通しだったということか。たしかに、これがあればうまくいくに違いない。

翌朝早く、クールトアが出勤してきた。タンクの清掃作業の準備に取りかかろうと、タンクの蓋を開けると……。

「だ、誰ですか、あなた！」

見知らぬ男を見つけたクールトアは叫んだ。

「驚かせて申しわけない。怪しい者ではありません。私は、ナポレオン閣下

●レジオンドヌール勲章
ナポレオンが始めた勲章制度。フランスでは現在も続いている。レジオンは「軍団」、ドヌールは「名誉」の意。

の化学顧問の者です」

「閣下の名前をかたるとはなんたる不届き者！　警察を呼びますぞ！」

　レオはゆっくりとタンクから出ると、クールトアにレジオンドヌール勲章を見せつつ言った。

「これでもお疑いになりますか。閣下はこちらの工場に大変期待されておられるのです。さらに生産性を上げるため、お手伝いしてくるようにと派遣されたのですが……手違いがあったようで、タンクを見せていただいているうちに閉じ込められてしまいました」

「それは、大変失礼いたしました！」

　勲章を見せられたクールトアは、すっかりレオを信じたようだった。休日に勝手に工場に入り込んだことを不審がりもせず、ひたすら恐縮している。

「ところでクールトアさん、いま何かお困りのことはありませんか」

「困っていること、と言いますか、加熱タンクにはスラッジがたまりやすく、こまめに洗浄《せんじょう》しなければならないのですが、これがなかなかやっかいな作業で手間がかかりまして……」

「ひょっとして、洗浄に使われているのはヴィトリオールですか？」

「はい。水だけでは落ちないので、硫酸を水で薄めて使っています」

「なるほど。どうでしょう、酸を薄めないで使いませんか。もったいないと

《元素こぼれ話》
　ヨウ素の産地は、なんと千葉県が、チリに次いで世界第2位の生産量を誇っている。
　ヨウ素は、ヨウ化物イオンIのかたちで海水に比較的多く含まれ、海藻などに濃縮される。昆布なら、100gあたり200〜300㎎、ひじきの場合、100gあたり20〜60㎎も含まれているので、海産物を多く摂取する日本人は欠乏症になることはない。

思うかもしれませんが、薄めすぎると洗浄効果が落ちて、作業に時間がかかりますからね。閣下も、とにかく生産効率を上げることを望んでおられます」

その言葉を聞いて、クールトアは濃い酸を使うことを決めた。さっそく、硫酸の入ったガラス容器をかまどにかけて、水分を飛ばす。

濃硫酸ができあがると、クールトアはタンクのなかに入り、近くにある灰に酸をかけてみた。

すると、一瞬にして紫色の蒸気が立ち上った。

「うわっ、何だ、このガスは！」

クールトアはあわててタンクから飛び出した。

「どうしました!?」

「灰に酸をかけたとたん、紫色の蒸気が発生したんです！」

「吸い込まなかったでしょうね！」

「ええ、大丈夫です」

「……蒸気がおさまるのを待ったほうがよさそうですね」

しばらく時間をおいて、クールトアが再びタンクのなかに入った。よく調べると、タンクの内側に黒紫色の針状の結晶がこびりついている。

「何だ、これは？　さっきの蒸気が冷えたものか？」

さっそく薬サジですくって、ビンに入れた。

《元素こぼれ話》

下水道やタンクの洗浄のとき、中毒事故が起こりやすい。下水で発生する硫化水素、クリーニングや電子部品の洗浄に使う薬品（有機塩素系化合物）などは空気より重いので、気づかずに上から入っていくと、底にたまったガスで意識不明になり、最悪の場合は命を落とすこともある。火山性ガスが発生している山は、低いところに硫化水素がたまるので危険である。知識はすべて生きるためにある。賢者は歴史に学び、愚者は経験に学ぶ。

「こんなものができていましたよ。これまでに見たことがない結晶です」

クールトアがタンクから出てみると、すでに〝閣下の化学顧問〟の姿はなかった。

「あれ、どこへ行かれたのだろう？　お待たせしすぎたか……」

クールトアは本業で忙しかったため、友人の化学者たちに結晶の分析を依頼した。

結晶の存在は、たまたまフランスに来ていたイギリスの化学の巨人、ハンフリー・デイビーにも知られるところとなった。デイビーは元素の発見にも抜け目がない人物として知られていた。

「イギリスに先を越されてはならない！」

あせったフランスの化学者、ゲーリュサックは、サンプルの分析を急ぎ、いち早く新しい元素であることを突きとめたのである。

新元素は紫色の蒸気にちなんで、ギリシャ語で「紫色」を意味するiodesから、「iodine（ヨウ素）」と名づけられた。

その後、ワーテルローの戦いでナポレオンが敗れ、英仏戦争が終わると、海外から硝石の輸入が再開された。

硝酸カリウムの生産需要の激減によりクールトアは破産し、赤貧のうちに

●デイビー
1778〜1829。当時のイギリスを代表する化学者。電気分解に長け、ナトリウムやカリウム、マグネシウム、カルシウム、バリウム、ホウ素の6種類の元素を発見。彼の助手が有名なファラデー。デイビーはマルチタレント、イケメンで、かなりモテ男だったとか。

●ゲーリュサック
1778〜1850。気体反応の法則を発見したフランスの化学者。

●ヨウ素
日本語の「ヨウ素」はヨードの音訳。

亡くなった。

ミッションを終えたレオは、さっそくシガーマンに報告した。

「今回、また謎の連中が僕の邪魔をしてきました。ですが、アイテムに入っていた勲章のおかげで助かりました」

「礼にはおよばんよ、ミスター鳴門。君が安心してミッションをこなせるようにするのがわれわれの仕事だ。それにしても、紫色の蒸気が立ち上るなんて、さぞドラマチックだっただろうね」

「海藻灰のなかのヨウ化物イオンが硝酸によって酸化され、ヨウ素になって遊離したんです。ヨウ素はいったん固体から気体に昇華《しょうか》し、タンクの冷えた部分で冷却されて、また固体の結晶になって出てきたということです」

「酸がいつもより濃かったおかげで新元素を発見するとは、まさにセレンディピティだな」

シガーマンは満足げに葉巻をくゆらせた。

《元素こぼれ話》

昆布にはヨウ化物イオンが含まれており、ヨウ素はこのイオンのかたちでないと体内には吸収されない。

放射能漏れのときに配られる安定化ヨウ素は、ヨウ化カリウム（KI）という化合物のかたちでヨウ化物イオンを含んでいる。

いっぽう、うがい薬に入っているのはヨウ素の分子I_2で、I_2は過剰にとりすぎると毒性がある。

ヨウ素とヨウ化物イオンのように、元素が一緒でも、分子I_2とイオンI^-では性質は異なる。これは〝加藤あい〟と〝阿藤快〟くらい違うのである。

ヨウ素 原子番号53

I

▶ヨウ素は**ハロゲン**といわれるグループに属する元素であり、ヨウ素の**単体Ｉ**は黒紫色の固体で、気体になりやすい物質です。水に溶けにくいですが、**ヨウ化カリウム**という物質を溶かしたあとは溶けやすく、褐色のヨウ素溶液となります。これは理科の実験でジャガイモの切り口にかけると青紫色になる、**ヨウ素デンプン反応**でおなじみですね。

▶ヨウ素溶液には殺菌作用があるので、褐色のうがい薬にも使われます。人体にも必須の元素で、成人の体内には25ｇあります。

▶モンゴルやアメリカ内陸部など海から離れた地域では、昔から、甲状腺肥大という、のどがこぶのように腫れる風土病が知られていました。これは**ヨウ化物イオンが不足**すると起こるのです。甲状腺はのどにある器官で、ヨウ化物イオンを取り込んで、**チロキシン**というホルモンをつくっています。チロキシンは全身の細胞の代謝をコントロールする重要なホルモンで、不足すると成長が止まったり、肌が荒れたりします。健康と美容のためにも活躍しているのです。

▶原子力発電所では、燃料の**ウラン235**の核分裂によって放射性同位体の**ヨウ素131**が生じます。これが環境中に漏れ出し、体内に取り込まれると、のどの甲状腺に集まり、放射線を出してガンになります。甲状腺ガンを防ぐために、あらかじめ**放射性同位体**でない安全なヨウ化物イオンを摂取しておくと、放射性のヨウ素の吸収を防ぐことができます。

第5話　石という元素

鳴門レオは愛車のフィアット500のシフトレバーをたくみに操りながら、銀座のホテルに向かった。1965年型のこの車は排気量500cc、愛嬌《あいきょう》のある丸みをおびた車だ。

シガーマンから依頼される途方もないミッションにもだいぶ慣れてきた。

——量子《りょうこ》、僕がこんなミッションをこなしているなんて、君が知ったら驚くだろうね……。

レオは心の中で、いま見舞ってきた量子の姿を思い浮かべていた。

——今回も、無事にやり遂げてみせる。

いつものバーでシガーマンの向かいに座ると、いきなり石を手渡された。これといって特徴のない、ありふれた白い石だ。

「まさに〝路傍の石〟ですね。これは……?」

「ミスター鳴門、さすがの君でもわからないかね。元素の多くが岩石から取

《元素こぼれ話》
ビッグバンのあと、水素やヘリウムの原子ができると、太陽のような恒星で核融合が起きて、燃えながら炭素や酸素など鉄までの元素ができた。さらに、超新星爆発によって、鉄よりも重い銅や金、ウランなどの元素がつくりだされた。私たちは星のくずから生まれ、星のくずにもどっていく。

り出されることは知っているだろう」

「もちろんです。たとえば、スピーカーに使うネオジム磁石のネオジムをはじめ、ハードディスク、ＤＶＤドライブのレーザー光線源、手術に使うＹＡＧレーザー、有機ＥＬ……私たちの身のまわりにあるいろいろな製品はサマリウム、イリジウムといったマイナーな元素からできていますが、その元素の故郷は、アフリカや中国、カナダ、シベリアの鉱山です」

「そのとおり。ここ30年ほどで、周期表の片隅にひっそりと載る元素たちが、次々と表舞台のスポットライトを浴びるようになった。現代の高度なＩＴ社会を支える技術にとって、必要のない元素というものはほとんどない。その元素が取り出される岩石の故郷と言えば、宇宙だ」

「宇宙……ビッグバンですか」

「そう、およそ１３７億年前のビッグバンで宇宙が誕生してから、星が爆発と誕生を繰り返し、新しい元素が撒き散らされてきたんだ。恒星が爆発して星のくずが生まれ、その星のくずがまた集まって新しい星となり、さらにその星たちの寿命が尽きて爆発し、新しい元素がつくられる。何億年という壮大なスケールの輪廻《りんね》と言える。そんな壮大なスケールでつくられた元素こそ、野菜やくだもの、ワインよりも、より根源的な〝自然の恵み〟なのだ。そこに気がつかないとな」

●ネオジム(Nd)
原子番号60。強力な磁石として、ハイブリッドカーのモーター、音響スピーカー、車のドアロックなどに利用されている。

●YAG
イットリウム・アルミニウム・ガーネットの略。固定レーザーのこと。

●有機EL
炭素・水素を主体にしたもの（有機化合物）で、電圧をかけると発光する、次世代のモニター。

●サマリウム(Sm)
原子番号62。錆びにくい強力な磁石として、ヘッドフォンやスピーカーに利用されている。

●イリジウム(Ir)
原子番号77。耐腐食性が強い金属で、高級万年筆のペン先やエンジンのスパークプラグに使われる。

いつになく饒舌《じょうぜつ》なシガーマンは、ひと息入れてからこう続けた。

「それを考えたら、人間など大きな岩から養分をもらって生えるコケのような微々《びび》たる存在でしかない」

「……ところで、この石は何か重要な元素を含む鉱石ですか？」

レオが石をテーブルに置くと、カツン、と軽い音がした。

「この石がないと、携帯電話もｉＰａｄも動かない。ハイブリッドカーもだ」

「ということは……次のミッションはリチウムですか？」

「まさしく。リチウムの重要性は、君に語るまでもないだろう」

「リチウムは、リチウムイオン・バッテリーに欠かせないものです。激しく電子を出す暴れん坊の金属なので、いかに抑えつけてうまくコントロールするかが重要です。ただ、暴れん坊の元素ほど、うまくコントロールすれば非常に役に立ちます」

「ではさっそく、その重要元素を発見するミッションをこなしてもらおう」

カバンとともに渡されたキーは１８１７号室のものだった。


１８１７年、スウェーデン・ストックホルム。

19世紀、スウェーデンは化学においてドイツと並ぶ、世界でもっとも進ん

●**電子(electron)**
ギリシャ語のelektron（琥珀）に由来する。琥珀の棒をこすると静電気が発生することから。

●**１８１７年**
文化14年。杉田玄白死去。

Au
Cd
Ds
W
Pd
Ta
U
Co Ni Cu Zn Ga Ge As Se Br Kr
Rb Sr Y Zr Nb Mo Ru Rh Pd Ag Cd In Sn Sb Te I Xe
Cs Ba Lanthanide Hf Ta W Re Os Ir Pt Au Hg Tl Pb Bi Po At Rn
Fr Ra Acthinide
Lanthanide La Ce Pr Nd Sm Eu Gd Tb Dy Ho Er Tm Yb Lu
Acthinide Ac Th Pa U

だ国であった。鉱物資源が豊富で、新元素を含む岩石も豊富に存在していたからだ。

レオは、ベルツェリウスの研究室を訪ねた。といっても、今回のターゲットはベルツェリウスではない。彼の弟子で、25歳のまだ駆け出しの化学者、ヨアン・オーガスト・アルフェドソンである。

「ベルツェリウス先生はいらっしゃいますか？」

「どちらさまでしょうか」

「じつはわたくし、もう10年以上前になりますが、エーケベリ先生のところでベルツェリウス先生とお目にかかっておりまして……。今日は近くまで来たものですから、もしお会いできればと思ったのですが」

「先生はいま出かけておりますが……。失礼ですが、エーケベリ先生をお訪ねになったということは、あなたも化学の研究をされているのでしょうか？」

「はい。元素の研究をしております」

元素という言葉を耳にしたアルフェドソンは、目を輝かせた。

「私はいま、ベルツェリウス先生からこの石の成分を分析するようにと言われていましてね」

「ほほう。新しい元素が見つかるかもしれませんよ。何の石ですか？」

「ペタル石（葉長石）です。ところが、分離して得られた物質から逆算してい

●アルフェドソン
1792～1841。スウェーデンの化学者。

くと、もとの石の重さの96％にしかならないんです。どうして４％もの成分が失われるのか、まったくわからない」

「石を分解して得られた成分を足し集めると、もとの石の重さに４％も足りないということですか？」

「そうです。私の計算が間違っているのかもしれませんが、何回やっても同じ結果なのです。ベルツェリウス先生には、研究から外されるのを覚悟で正直に報告しました」

「先生は何と？」

「はい、〝この４％の誤差が大きな意味を持つのだ。もっと掘り下げろ〟と、逆に私のような若造の研究姿勢をほめてくれました。真理に近づくためには、失敗や間違い、苦労を積め、憎むべきは名声を得るために捏造《ねつぞう》することだ、と」

やはり化学史に名を残す巨人だけのことはあると、レオはベルツェリウスの言葉に感動した。

「私の実験のやり方や精密な計算については評価してくれているので、なんとかこの４％を明らかにしたいのです」

「それは、ひょっとしたら……」

レオが答えようとしたそのとき、外からアルフェドソンを呼ぶ声がした。

●捏造
いまも昔も、研究費申請のデータや科学論文に捏造のウワサは絶えない。

「すみません。運ばれてきた鉱石を外で仕分けしなくてはならないので、少し席を外します。もっとお話をうかがいたいので、ここでお待ちいただけないでしょうか」

誰もいなくなった研究室で、レオはアルフェドソンが分析に使っている白っぽいペタル石を手にとった。

「それほど重くはないな。……おおっ、これはベルツェリウス先生が使っている吹管《すいかん》かな！　すごい！」

実験器具に気をとられていたレオは、持っていたペタル石を机の上に無造作に置いた。しばらくして冷静さを取り戻し、ペタル石を置いた机の上を見ると、似たような石が3つ転がっている。どれも白い石で、手にとってみても重さの違いはわからない。

「僕は鉱物学者じゃないから、これじゃ、どれがペタル石かよくわからないぞ。まずいなあ……」

間違ってほかの石をアルフェドソンの机に置けば、彼によってリチウムが発見されなくなり、歴史が変わってしまう。それは、レオ自身がもとの世界にもどれなくなることを意味していた。

アルフェドソンがもどってくるまでに、なんとかしなくてはならない。

「どの石がリチウムを含んでいるかわかればいいんだが……。落ち着け、僕

《元素こぼれ話》

リチウムイオン電池は、リチウムの軽くて、電子を出しやすい（イオン化傾向が大きい）という2つの理想的なメリットを生かした充電可能な電池。黒鉛の層と層のあいだにリチウムをはさんで、そこから回路に電子を出してリチウムイオンを放出する。

リチウムイオンは反対側の正極に移動して、コバルトと酸素の化合物に吸収されてコバルト酸リチウムになる。充電したいときはコンセントをつないで、さっきとは逆にリチウムイオンを黒鉛のほうに帰らせていく。

は２００年後から来た化学者なんだ。……そうか、簡単じゃないか！　炎色反応だ！」

レオは、３つの石をそれぞれ少しだけ削って粉末にすると、それをランプの炎にふりかけた。

１つ目の石の粉末をかけると、炎が黄色になった。

「これは違う。ナトリウムだ」

２つ目の石の粉末をかけると、炎はオレンジ色になった。

「これはカルシウムだな。ということは……」

最後の石の粉末をふりかけると、予想どおり、炎は赤色になった。

「これだ！」

リチウムのイオンを含んでいると、炎は赤色になる。レオは自信を持って、その石をアルフェドソンの机にもどした。そのとき――。

「大変、お待たせしました」

アルフェドソンの声がした。まさに間一髪。

レオは、何事もなかったかのように、笑顔でアルフェドソンに話しかけた。

「先ほどの４％の件ですが、それは、そのなかに新しい元素が入っているからではないですか？　たとえば、ポタシに似たもので、カリウムのような元素とか……」

●炎色反応
リチウムやナトリウムなどのイオンを含むとき、炎の色がそれぞれの金属のイオンに固有の色になる。味噌汁が吹きこぼれたときに炎が黄色くなるのは、食塩のナトリウムイオンの炎色反応による。花火の色も炎色反応を利用している。

「ナトリウムと仮定しても、カリウムと仮定しても、計算すると、もとの石の重量よりもっと重いものになってしまいます」

「ということは、未知の元素と考えられるのではないでしょうか?」

「まったく新しいアルカリの元素ですか……」

「そうです。ナトリウムやカリウムよりもっと軽い元素があるのかもしれませんよ!」

「でも、新元素となると、途方もなく大変な作業になりそうです」

「カリウムなら酒石酸で沈殿するし、ナトリウムなら炭酸塩が水に溶けるはず……新元素なら炭酸塩は水に溶けにくいかもしれませんよ」

「なるほど。さっそく分離して実験を開始してみます」

「おっと、いけない。こんな時間だ。すっかり長居をしました。ベルツェリウス先生によろしくお伝えください」

レオはそう言うと、研究所をあとにした。

——あの若者なら十分やってくれるだろう。いや、これからやってくれるからこそ、歴史に名前が残っているのだ。だが……だとしたら、この任務は、ほんとうに必要なんだろうか。

シガーマンからは一笑に付されそうな疑問が、頭から離れなかった。

●アルカリ
アル(アラビア語の定冠詞)+qali(灰)。木灰などに炭酸ナトリウムが含まれ、アルカリ性を示す。アルカリ性のものは苦味や表皮を溶かす性質を持つ。

アルフェドソンは、４％のなかから、新しい金属元素であるリチウムを発見した。ナトリウムやカリウムなどのアルカリ金属と違って、炭酸イオンとの塩の炭酸リチウムは水に溶けにくかった。

本来なら、この発見に大きな助言を与えてきた、指導教官ともいうべきベルツェリウスが共同発見者に名前を連ねてもおかしくはなかったのだが、彼は発見の名誉をアルフェドソン１人のものにしてくれた。

ただ、純粋な金属としてのリチウムを取り出す作業は困難をきわめ、１年後に、イギリスの元素ハンター、デイビーの手で電気分解により取り出された。

アルフェドソンはリチウムを発見したあと、立派な邸宅を購入し、屋敷内に化学実験室を設けた。さらに、ベルツェリウスの共同研究者としてともに海外をまわって化学の知見を深めていったが、やがて工場経営が忙しくなり、実業家の道を歩むことになった。

《元素こぼれ話》

多くの元素が鉱石からとりだされる。半導体として現代を支えるケイ素（Si）はsilex（ラテン語の「火打石」）が語源でシリコンとなった。シリコン（ケイ素）とシリコーン（ケイ素の化合物でゴムや油に使われる）とは別物。豊胸手術にシリコンを入れたらターミネーターになってしまう。

リチウム 原子番号3

▶リチウムは銀白色の金属で、軽くて水に浮きます。**ビッグバン**のあとに**水素**や**ヘリウム**が誕生してからすぐにできた、元素のなかでは古参のメンバーです。

▶名前の由来は、リチウム発見の10年前にすでに発見されていた**ナトリウム**や**カリウム**が動植物から得られていたのに対して、リチウムだけは鉱物から得られたことから、ギリシャ語の「lithos（石）」が使われました。

▶リチウムは非常に軽い金属で、密度は水の半分の約0.5ｇ/㎤。やわらかな金属です。ガスバーナーにリチウムイオンの溶液をかざすと、炎に色がつきます。これを**炎色反応**といい、**リチウムイオン**は赤色になります。

▶ステアリン酸リチウムという物質は、自動車などのグリースに使われます。また、炭酸リチウムという化合物はうつ病の治療にも使われています。

▶リチウムはなんといっても、電池で大活躍しています。リチウムを利用した電池には２つのタイプがあります。１つは**リチウム電池**で、腕時計などに使われるボタン型の使い捨て電池です。もう１つは、名前がまぎらわしいですが、**リチウムイオン電池**といいます。携帯電話やハイブリッドカー、電動自転車に使われる充電が可能なタイプです。名前は似ていますが、原理が違います。とくに最近のポータブルＩＴ機器の普及にいちばん貢献したのは、このリチウムイオン電池による電池の小型化なのです。

第6話　希土類元素

1824年、スウェーデン。

鳴門レオは、首都ストックホルムから船でレサレ島に渡った。この島には、希土類元素（レアアース）という多くの新元素を含む鉱物が発見されたイッテルビー村がある。

船を降り、ガラス細工用の石英の採石場に向かうと、予想どおり、熱心に鉱石を調べている先客がいる。

レオは笑顔で話しかけた。

「失礼ですが、モザンデルさんでは……？」

相手は怪訝《けげん》そうにこちらを見た。

「……ええ、そうですが……」

「やはり！　私も鉱物の分析が趣味なものですから、モザンデルさんのお噂はかねがね耳にしておりました。お目にかかれてうれしいです。モザンデル

●1824年
文政7年。大村益次郎誕生。

●希土類元素
レアアース。レアメタルとはまた別である。

●イッテルビー村由来の元素
イッテルビー村が由来の元素には、イッテルビウム、イットリウム、イッテリウム、イッテルビウムなどがあり、名前が似ているためまぎらわしい。

さん、この石はどうですか？　イッテルバイトに見えるのですが……」

レオは持っていた石を差し出した。ふつうの石の隙間に小さい黒い石が挟まっている。

　モザンデルは石を手にとって、じっくりと眺めた。

「おおっ、これは見事なイッテルバイトですね！　この黒い石を、巷《ちまた》の学者連中は〝ガドリン石〟と呼んでガドリンをほめ称えていますが、ほんとうは、私の先輩のアレニウスさんが先に見つけたものなんです」

「アレニウスさん、ですか」

「アレニウスさんはこの石を趣味の鉱物採集で発見しました。ただ、学者ではなく砲兵士官だったので、自分で分析することができず、人に預けたんです。それがガドリンの手に渡って分析され、イットリア、スカンジアなどの新しい元素の発見につながったんです」

「アレニウスさんは、さぞ悔しかったでしょうね」

「はい、自分も大学にいれば、と悔し涙を流していました。そのうえ、軍人を定年退職してせっかく時間ができたと思ったら脳溢血《のういっけつ》で倒れ、手が不自由になってしまいました。アレニウスさんは、私にこう言いました。『モザンデル君、どうか私の夢であった新元素発見を果たしてください』と」

「そうでしたか……」

●イッテルバイト
　イッテルビー＋ite。～iteはラテン語の「～石」の意。ダイナ＋マイトはギリシャ語のdynamis(力)＋iteで、直訳すると「力石」。

●ガドリン
　1760～1852。フィンランドの化学者。最初の希土類元素、イットリウムを発見した。彼の名前を冠した元素にガドリニウムがある。

●アレニウス
　化学史に出てくる電離説で有名なスヴァンテ・アレニウスとは別人。

「私も27歳になって軍医をやめ、いよいよあのベルツェリウス先生のところで働けることになりました。これからは全人生を捧げて、アレニウスさんの夢をかなえたいと思っているんです」

「モザンデルさんなら、きっとできますよ。がんばってくださいね」

翌日、レオは早朝から採石場にいた。モザンデルの元素発見に力を貸そうと、イッテルバイト、つまりガドリン石を探していたのだ。

長石という石の隙間に挟まった黒いガドリン石を見つけ、手にとって握る。ずっしりと重い、石炭のように黒ずんだ石だ。

――このなかに、現代社会を支える無数のレアアース、新元素がまだ発見されずに眠っている……。

やがて、採石場のガレ場の奥に、黒い石を含む石がたくさんあるのが目にとまった。

「これはすごい！　格好の研究材料だ。モザンデルさんに教えてあげよう！」

駆け出したとたん、目の前が真っ暗になった。

体にズシーンと衝撃が走る。

レオは落とし穴にはまっていた。３ｍほど落下して、体を強打したようだ。見上げると、上で人の気配がする。レオは声を振りしぼった。

「お～い！　助けてくださ～い！」

●ガレ場
鉱山などでクズの石を集めたところ。

ところが、レオの呼びかけには答えず、なにやら缶のようなものを落としてきた。缶からはガスが噴き出している。あわてて息を止めたが、我慢できずに再び大きく息をした。

「しまった、催眠ガスだ。何でこの時代に催眠ガスが……」

レオはしだいに意識が薄れていった……。

目が覚めると、もう夜になっていた。薄暗い部屋のなかに黒装束を身にまとった男が3人、覆面をして立っている。レオは椅子に縛りつけられていて、身動きがとれなかった。

「何者だ、君たちは？」

「お目覚めかな、タイムトラベラー。いつぞやはどうも」

リーダー格の男が答えた。

「そうか、前にも邪魔をしてきた奴らだな！　いったい何が目的なんだ」

「前にもお話ししたはずだが……。われわれはテラ・シェパード、地球環境を守る崇高な団体だ」

「未来から来た宗教団体か？」

「未来からではないかもな……」

「すると、別の宇宙、パラレルワールドか？」

「ほほう、君はパラレルワールドの存在を信じているのかね？」

《元素こぼれ話》

日本とアメリカのネット用の光通信海底ケーブルは6ルート以上あり、髪の毛ほどの細さの光ファイバーが束になった1円玉くらいの直径のケーブル1本で、電話にすると6000万人が同時に通話できる！　光はやがて弱まってしまうので、これを途中で強く増幅するのがエルビウム（Er）である。希土類は社会を支えるビタミンだ。

「この宇宙とはバージョンの違うものが無限に存在していてもおかしくはない。量子宇宙論では……」

別の男がさえぎった。

「人類はサイエンスを進歩させすぎたのだ。自分たちの生活レベルを向上させることだけを考え、地球に負荷をかけつづけてほかの生き物の生命を脅《おびや》かし、絶滅に追いやってきた。君が来た元の世界、21世紀初頭には、１日に数十種類のペースで地球上の種が絶滅していたんだろう？　地球環境にとって人類は知性を失った猿、いや猿どころではない、ガン細胞やウイルスのように地球を蝕《むしば》んでいるのだ」

「それは詭弁《きべん》だ」

「あらゆるところで自然を破壊し、そこから得た元素をもとに、携帯電話やインターネット、エアコン、と便利な生活を享受《きょうじゅ》している君たちが、生物多様性やエコロジーなんて言っていること自体が詭弁で欺瞞《ぎまん》ではないかね」

「……」

「そこでわれわれは、地球をゆりかごにもどして再生させるべく、科学の進歩を遅らせることを目的としてエージェントを送っているのだが、ことごとく邪魔されつづけてね。人類史の紀元前からわれわれが干渉しているのに、なぜだかうまくいかない。その理由は、君ら未来からのエージェントにあっ

●**ウイルス**
ラテン語で「毒」のこと。細菌（細胞）よりもっと小さく、設計図のＤＮＡやＲＮＡと蛋白質でできたシンプルな無生物。体内に侵入して増殖する。

●**自然破壊**
携帯電話などの電子回路に使われる金も、アマゾンの金鉱で掘られて金を分離するさい、莫大な水銀が使われ、アマゾン河に水銀汚染、水俣病が発生している。

たわけだ」

　リーダー格の男は饒舌だった。

「今回は、イッテルビーの石から新元素の発見を総なめにしようとするモザンデルをねらったのだが、とんだ招かれざる客が入ってきたというわけだ。当然、放っておくわけにはいかんだろう」

「何を！　モザンデルさんや、僕ら人類の知的好奇心の炎を、おまえらなんかにつぶされてたまるか！　知ることこそが生きることなんだ！」

　男は、怒りに震えるレオの頭をなでながら言った。

「そういった知的好奇心はかわいいものだが、それが20世紀に破壊的な資本主義と結びついてどうなったかの結末は、知性のある人間だったらわざわざ語って聞かせることもあるまい」

　たしかに、この男たちの言い分にも一理ある。

「希少元素の鉱石やダイヤモンドをめぐって、ルワンダやシエラレオネで内戦が長引き、どれだけの環境が破壊されたことか。まあ、資源を金ヅルにした内戦で多くの人間が死ぬのは、自業自得《じごうじとく》だがね。戦争や公害で、森林や河川といった自然を破壊するのだけはまずいんだよ」

　別の男が、レオに近づいてきて言った。

「2度の世界大戦とその後の核実験で未曾有《みぞう》の環境破壊が行われた。石油な

●ルワンダ
アフリカ中央部に位置する国。内戦で100万人以上が死亡した。

●シエラレオネ
西アフリカに位置する国。ダイヤモンド鉱山の支配権をめぐる内戦により7万5000人以上が死亡したといわれる。

どの資源をめぐって世界規模の戦争をしたあげく、核兵器まで開発し、そしてさらに戦争でまた貴重な資源を浪費する。人類はこのアイロニーに気づかないかぎり、もう滅びるしかない。人類にはそれを止める自浄作用すらないのだ。残念ながら、君たちのような類人猿から進化した原始的な脳では、崇高な知性は生まれようがないのかもしれん……」

リーダー格の男の合図で、もう1人の男が小型のアタッシェケースを開けた。

「さて、君の黒幕についてくわしい情報が欲しいんだがね」

「拷問でもするつもりか？」

「われわれはそんな手荒なことはしない」

そう言うと、アタッシェケースから注射器を2本取り出した。

「2本の注射ってことは、チオペンタールナトリウムとスコポラミンだな。けっこう古典的じゃないか。まるでゲシュタポだな」

「さすがに科学的知識は十分なようだな。そう、人類の愚行の1つ、ナチスの真似をさせてもらう」

「……君らはさっきから地球環境だ何だと言っているが、ほんとうの目的は違うんじゃないのか？」

「ほほう、おもしろいな。じゃあ、いったい何だというんだね？」

●アイロニー
皮肉。

●自白剤
チオペンタールナトリウムとスコポラミンを注射されると、意識がもうろうとなり、自分の意思と関係なく、聞かれたことをすべてしゃべってしまう。

●ゲシュタポ
ナチス・ドイツの残虐な秘密警察。ゲハイメ・シュターツ・ポリツァイ（秘密・国家・警察）の略。

「君らがパラレルワールドから来ているのであれば、君らは異なる世界を行き来できるテクノロジー、ゲートを入手しているはずだ。人類の技術が進歩して、やがてゲートを使って侵略してくるようになったら戦争になる。そこで、人類がゲートを持たないように、その進歩を邪魔しているんだろう。地球環境を守るなんていう大義名分とは違う真相が見えるが……」

「なかなかおもしろい推理じゃないか。まったくの作り話だがね」

リーダー格の男は、そう言いながらも、なぜか動揺しているようだった。

「つまらん話はこれくらいにしよう。さあ、インタビューの開始だ……」

絶体絶命。注射器の針がレオの腕に刺されようとしたその瞬間、1人の女が部屋に入ってきた。

女は、3人の男たちにスプレーを噴射しながら、レオに叫んだ。

「BZよ！」

その言葉に、レオは条件反射的に息を止めた。男たちは痙攣《けいれん》して床にひっくり返っている。

——まずい、もう息が我慢できない……。

苦しさが頂点に達したそのとき、レオはガスマスクをかぶらされた。

——助かった……。でも、この女はいったい何者なんだ？

レオは、自分を縛っている縄を切っている謎の女に声をかけた。ガスマス

●ゲート
ここではパラレルワールド（並行宇宙）に行き来するための装置。重力場のひずみなどを利用する。

●BZ
3-キヌクリジニルベンジラート。無力化ガス。吸入すると神経が麻痺し、動けなくなる。対テロリスト用。日本の「化学兵器禁止法」では第1種指定物質になっている。

クごしなので、もごもごした感じだがしかたない。

「ありがとうございます。ところで、あなたはいったい何者なんです？　シガーマンさんの部下ですか？」

「テラ・シェパードは、モザンデルのような化学者だけでなく、ニュートンくらいの大物の科学者まで必死で妨害してきます。私たちがみんなを守らなければなりません。しっかりして」

　女は、レオの問いには答えず、それだけ言うと、現れたときと同じようにスッと姿を消した。

　レオは椅子から立ち上がった。タイムリミットが迫っている。彼女を探している時間はない。ストックホルムにもどらなければ……。

　モザンデルはこのあと、イッテルバイトの石からランタン、セリウム、テルビウム、イットリウム、エルビウムなどを発見する。彼の不屈の忍耐力と血の滲むような努力によって、非常に似通っていて分離が困難だった新元素が次々と発見されたのである。


　レオは無事にミッションから帰還し、ホテルのバーでシガーマンに報告し

●ランタン(La)
原子番号57。レンズや水素吸蔵合金に使われる。

●セリウム(Ce)
原子番号58。紫外線を吸収するガラスに利用されている。

●テルビウム(Tb)
原子番号65。X線フィルムやプリンターのヘッド部に使われる。

●イットリウム(Y)
原子番号39。テレビの蛍光体や超電導物質に使われる。

●エルビウム(Er)
原子番号68。光ファイバーの増幅などに使われ、ネットを支える元素と言える。

ていた。ポケットから黒い石炭のような石を取り出して、テーブルに置く。

「これが件《くだん》のガドリナイトかね」

「はい、ガドリナイト、ガドリン石ですが、僕はイッテルバイトと呼びたいですね」

シガーマンは、石を手にとって満足げに眺めた。

「何の変哲もないこんな石ころから、プラズマテレビやｉＰａｄが生まれてくるなんて、２００年近く前に誰が想像しただろうね」

めずらしく、シガーマンの顔に笑みが浮かんだ。

「……ところで、ミスターシガーマン、今回のミッションでは、テラ・シェパードに襲われたところを、謎の女性に助けられました。僕以外のいろんな人が、あちこちでこのようなミッションをこなしているということですか？」

「……そうだ」

短く答えると、シガーマンはしばらく黙って葉巻をくゆらせていた。そして意外な言葉を口にした。

「ミスター鳴門、君はホピ族の予言を知っているか？」

「ホピ族と言えば、アメリカの先住民族ですね。たしか、彼らの予言では〝鉄の蛇が平原を横切るであろう、大地に石の川が交差するであろう、２兄弟が月に梯子をかけるであろう、巨大なクモの巣が地上を覆うであろう〟と。

《元素こぼれ話》
昔、販売されていた日立のテレビ「キドカラー」は、ブラウン管の蛍光体に希土類を用いたので、輝度と希土類をかけて「キド」にしたもの。
希土類元素は、デジカメのレンズ、ハードディスクやＵＳＢメモリ、半導体やＬＥＤ、電子デバイスなどのさまざまなハイテク装置になくてはならない元素であり、最新のテクノロジーを支える素材のスパイスとして活躍している。

●ホピ族
アメリカ・アリゾナの先住民族の１つ。古くから伝わる予言で有名。

まさに鉄道とか高速道路、アポロの月着陸、インターネット（ウェブ）を予言していたような……」

「そうだ。そんなものが、火とか棒しか使わず、原始的な生活を送る人びとに、まったくゼロの状態から想像できると思うかね」

レオは話の展開がわからず、シガーマンの次の言葉を待った。

「君の前任者たちのなかには、トラブルに巻き込まれて帰ってこられなくなった者もいる。居残って、歴史で名を残した天才になった者もいる」

ミッションについてからというもの、多少のことでは驚かなくなったレオだったが、このシガーマンの発言には驚いた。

「あの、もしかして、ヘリコプターや戦車を発明していた天才ですか……？」

「ルネッサンスの時代の人間が、現代のタービン・エンジンのヘリコプターを発明したなんて、さすがにまずいだろう。本人もそれに気づいて、エンジンをやめて人力の動力に書き直してくれたので助かったんだが……。別の前任者が遺《のこ》したエジプトの壁画はもっとまずかった」

「それはもしかすると、エジプトのアビドス遺跡の古代レリーフのヘリコプターですか」

「古代壁画のレリーフに、現代の戦闘ヘリコプター、AH-54〝アパッチ〟そのままだからな。あれには困った」

●ウェブ
webは英語で「クモの巣」という意味。

●ルネッサンス
中世の封建制の文化から、自然や人間を中心にした「ヒューマニズム」への転換をめざした文化の革命運動。ダ・ヴィンチやダンテ、ボッカチオらが活躍。

●アビドス遺跡
エジプト・ナイル川の左岸、ルクソールの200キロ下流にある古代の都市遺跡。古代エジプトの聖地であった。

●アパッチ戦闘ヘリ
アメリカ軍の対戦車ヘリコプター。

古代エジプトで絶対的な権力を振るったラムセスII世とその父親のセティI世を祀《まつ》った巨大な葬祭殿が、エジプト・ルクソールの北200キロのアビドス古代遺跡群にある。紀元前1300年頃につくられたこの葬祭殿の天井の梁《はり》に、ツェッペリン飛行船、アクラ級原子力潜水艦、アパッチ戦闘ヘリにそっくりのレリーフが刻まれており、大きな謎とされていた。

「キリストの十字架のもとになった古代エジプトのアンク十字も、生化学の教科書に出てくる、生命の根源ともいうべきRNAの、t-RNA（トランスファーRNA）に似ていないかね？」

「RNAワールド!?」

「その十字架をゆがめたハーケン・クロイツで、近視眼的になりすぎたあまり、世界を破滅の方向に導こうとした人間もいた。まあ、あれはわれわれとはまた別の組織だが……」

「……アドルフ・ヒトラーまでもが……」

コロンビアの古代遺跡から出土した黄金のジェット戦闘機、パレンケ遺跡の王棺のレリーフ、日本の遮光器土偶……そういったオーパーツまでもが、じつはこのミッションと深く関係しているのではないのか。

レオは胸が高鳴った。それを見越したように、シガーマンは言った。

「よけいな詮索《せんさく》は無用だ、ミスター鳴門。くどいようだが、君がミッション

●ツェッペリン
第1次世界大戦でドイツが飛ばしていた大型飛行船。

●アクラ級原子力潜水艦
ロシアの誇る原子力潜水艦。アクラは「鮫」のこと。

●アンク十字
古代エジプトで生命を表す十字。

●t-RNA
運搬RNA。蛋白質を合成するさい、設計図のDNAにしたがってアミノ酸を運んでくる分子。RNAは生命の根源的な分子である。

●ハーケン・クロイツ
逆卍。ナチス党のシンボル。

●パレンケ遺跡
メキシコのマヤ文明の遺跡。王の棺のレリーフが、ロケットの操縦席・ノズルからの炎のように描かれている。

●遮光器土偶
青森県つがる市の亀ヶ岡遺跡などで出土。ガスマスクと宇宙服をつけたような斬新なデザインの土偶。

以外の行動で歴史に干渉し、歴史のシナリオを書き換えた瞬間、君はこの世界にもどってこられなくなる。新しい宇宙が始まるからだ」

オーパーツ、そして歴史上の偶然の一致や不可思議な謎、そういったいままでの疑問の1つひとつがすべてつながっていくような気がした。

●オーパーツ
その時代にそぐわない、場違いなもののこと。out-of-place artifacts の略。

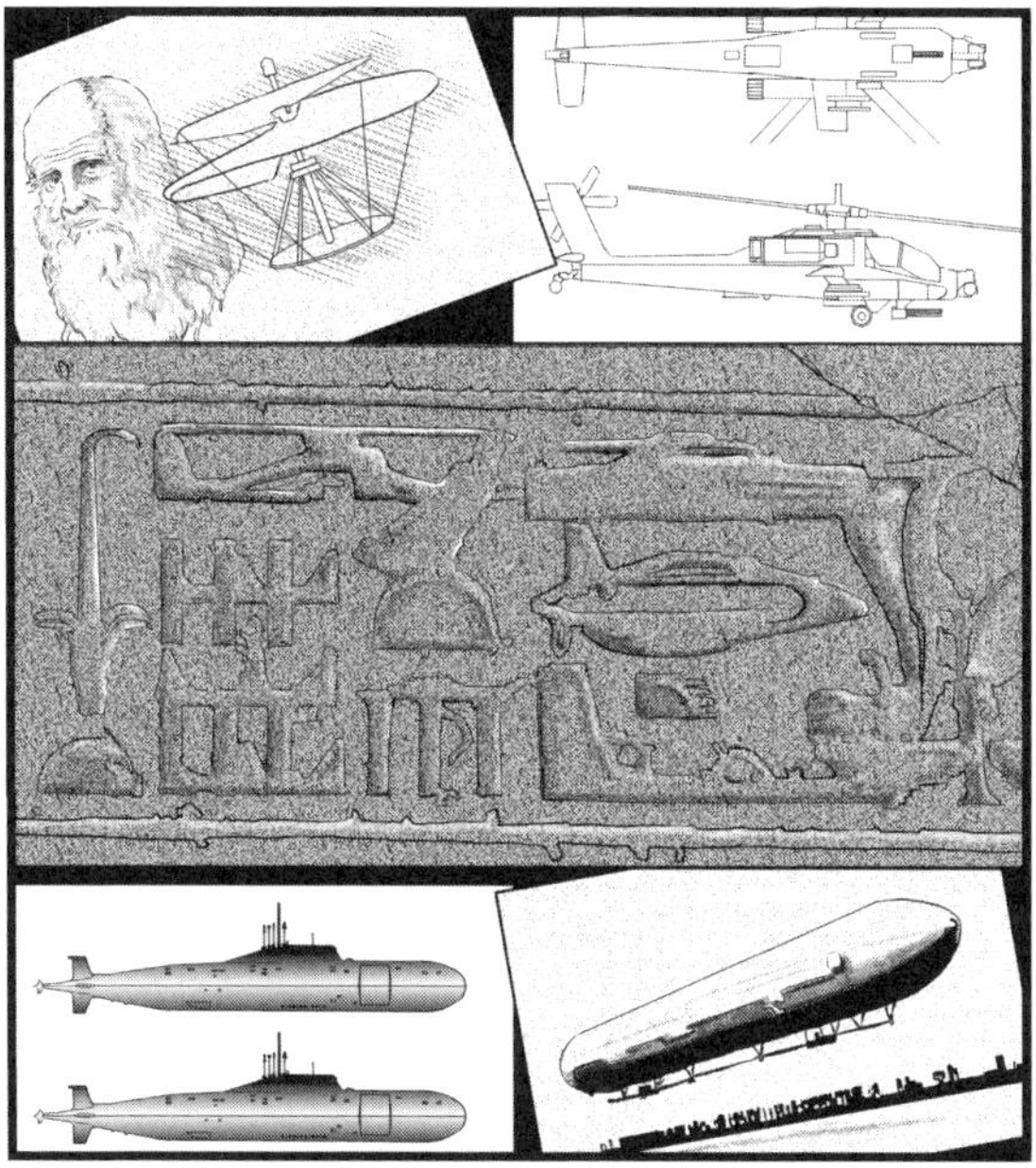

希土類元素

La ランタン 原子番号57	Ce セリウム 原子番号58	Pr プラセオジム 原子番号59	Nd ネオジム 原子番号60
Pm プロメチウム 原子番号61	Sm サマリウム 原子番号62	Eu ユウロピウム 原子番号63	Gd ガドリニウム 原子番号64
Tb テルビウム 原子番号65	Dy ジスプロシウム 原子番号66	Ho ホルミウム 原子番号67	Er エルビウム 原子番号68
Tm ツリウム 原子番号69	Yb イッテルビウム 原子番号70	Lu ルテチウム 原子番号71	
Sc スカンジウム 原子番号21	Y イットリウム 原子番号39		

▶希土類（**レアアース**）は、**ランタノイド**（ランタニド）に**スカンジウム**、**イットリウム**を加えた17元素です。これらの元素は鉱石などから分離・精製するのが難しく、レアなものとされてこの名前がついています（**レアメタル**と似ていますが、別の言葉です）。

▶周期表でも下のほうにあり、マイナーな元素と思われがちですが、テレビ、携帯電話、ハードディスク、カーナビなどのデバイスの磁石、コンデンサー、レーザー、蛍光体などに使われています。**中国が膨大な産出量**を誇っています。

▶モザンデルは、セリアから**ランタン**、**セリウム**、**テルビウム**、**エルビウム**、**ジジム**を探し出しました。ジジムはその後、別の科学者によってプラセオジムとネオジムに分離されました。

▶イットリアからはイットリウム、ガドリニウム、ホルミウム、ツリウム、サマリウム、ジスプロシウムが分離されました。

第7話 悪魔の元素

「今回のミッションは〝悪魔の元素〟の発見だ」

「というと、何十人という化学者が死んだ、フッ素の発見競争ですか？」

「そのとおり。ミスター鳴門、今回のミッションは長くて、時代もかなり広くまたがる。スポット的に移動してもらわなければならない。これまでとはちょっと違ったミッションになるが、発見までしっかりカバーしてほしい」

「わかりました」

レオはさっそくタイムスリップの準備に入った。


1841年、イタリア・ナポリ共和国。

教会の療養所に、1人の青年の姿があった。ルーエという名のこの青年は、療養所にいるアイルランドの化学者、ノックスを訪ねてきたのだった。はじ

●**1841年**
天保12年。江戸末期。天保の改革始まる。
●**ルーエ**
1818〜1850。
●**ノックス**
アイルランドの化学者。兄弟で実験中、フッ化水素ガスによる中毒となった。

めは断られたが、粘りに粘って、ついにノックス本人に会うことを許された。

ベッドに横たわるノックスの姿に、ルーエは固唾《かたず》を呑んだ。ノックスはまだ40代のはずなのに、頬がこけ、髪はすっかり白くなっていたからだ。

「ルーエと申します。はるばるベルギーからノックス先生に会いにきました」

ノックスは咳をしながら言った。

「ここで世捨て人のような生活を送っている私に、何の御用ですかな？」

「先生が新元素のフッ素をあと一歩で取り出せるところまでいった、とうかがいました。そして、実験室で事故にあわれたことも耳にし、どうしてもその実験を私が引き継いで再現したいと思ったのです」

ノックスは重い口を開いた。

「あれは悪魔の元素です。私の弟のトーマスは、容器から漏れてきたガスを吸って肺をやられ、死んだも同然です。私も一命こそとりとめたものの、このとおりガスを吸い込んで2年間も療養生活を送っています。あの魔物のせいで、たった2年で頬はこけ、白髪になり、すっかり歳をとってしまった。蛍石には魔物がひそんでいます。あなたのような前途のある人は、絶対に近づいてはいけない」

「でも先生、塩素もヨウ素も臭素も見つかっています。あと残るのは、もうすでに名前が決まっているフッ素です。私はこの手で新元素を捕まえたいん

《元素こぼれ話》
フッ素より先に元素として分離された塩素は、ともにハロゲンといわれて反応性が高い。ギリシャ語でhals（塩）。ゲンは、gen「生むもの、素、源」。サンスクリット語の「ゲン」に由来し、漢字も源。ゲノムとかジェネシスとかコラーゲンとか。ちなみに、ヨーロッパでは岩塩の台地があり、それをくり抜いて広間をつくったので、英語のhallという語になった。

●フッ素の命名
古くから金属をつくるときに、溶かして流動性をもたせるための融剤として蛍石（フッ化カルシウム）が使われており、「流れる」という意味のフローにあたる言葉から、先に名前が決まっていた。

です！」

　それから来る日も来る日も、ルーエはノックスのもとに通いつめた。その熱意に心を動かされたノックスは、実験の詳細や実験器具について、少しずつ語ってくれるようになった。

「用心のために、何重にもマスクをしました。途中で生じる無色のフッ化水素ガスは、白金ですら腐食すると言われていましたから。でも、蛍石の容器の蓋の摺《す》り合わせが悪かったのでしょう。ガスはそこから漏れたのだと思います」

　失敗したとはいえ、ルーエが思っていたよりも緻密《ちみつ》で用心深く練られた実験が行われていたことに驚きを隠せなかった。だが、ルーエのような薄給の大学講師の身分では、高価な実験器具一式を買う余裕はない。

「ルーエさん、どうしても研究されたいのなら、私の装置一式を差し上げましょう」

　ノックスの申し出に、ルーエは飛び上がるほど喜んだ。やがて退院したノックスから、約束どおり、ていねいに梱包した実験器具一式がルーエのもとに送られてきた。

　レオがベルギーのブリュッセルにあるルーエの研究室を訪ねたとき、ルー

●蛍石
　ホタル石（フローライト、主成分はフッ化カルシウム）は、中世から有名な鉱物。熱したり紫外線を当てたりすると光ることから、この名がつけられた。

エは、フランス・ナンシー大学のニクレ教授と意見を闘わせている最中だった。同業の研究者を装ったレオの闖入《ちんにゅう》に迷惑顔の2人だったが、かまわずレオは言った。

「世界じゅうでこれだけ実験しても単離できないのは、新元素が反応しやすい凶暴な性質を持っているからです。逆に、この新元素を飼いならせば、その反応性から新しい有用な物質をつくりだせる魔法の元素になるかもしれないですよ」

「なるほど、そういう見方もあるのか！　新元素の発見にばかり気をとられて、その元素の有用性までは考えていなかったよ」

ルーエの言葉を受けて、ニクレは意気揚々とこう言った。

「私はこの未知の元素に期待しているんです。だからこそ新しい元素にチャレンジするんです。蛍石のなかに必ず、フッ素は隠れているんだ！」

レオの存在など忘れたかのように、また議論に熱中しはじめた2人の姿に複雑な思いを抱きながら、レオはそっと研究室をあとにした。

——僕は、このあと2人がたどる運命を知っている。そして、彼らの運命を変えることもできる。量子《りょうこ》、僕はどうすればいいんだろう……。

感傷にひたるレオの脳裏に、シガーマンの言葉が甦《よみがえ》った。

「君の目的は、今日まで連綿と続くサイエンスの歴史を守ることにある。決

●ナンシー
　フランス・ロレーヌ地方（ドイツ国境に近い地方）の都市。
●ニクレ
　1820～1869。

して歴史を書き換えてはならない。たとえ目の前の科学者がその後に不幸になるとわかっていても、彼らの運命を変えてはならない。それぞれの科学者には、それぞれの役割がある……」

——そうだ、彼らの運命を変えることはできないんだ……。

レオは、2人を追いかけるのではなく、フッ素発見の栄光をつかんでノーベル賞をとることになる男に、直接、会うことを決意した。

研究室を出たルーエとニクレは、酒を酌み交わしつつ、さらに語り合った。

「ノックスさんができなかったフッ素発見の敵《かたき》を、おれたちでとろう！」

「ノックスさんの二の舞だけはするもんか。必ず、フッ素を見つけてみせる！」

「ニクレ君、絶対にガスにやられるなよ！」

「ルーエ君、君もだ！　こうなったら、どっちが先に発見するか、競争だ！」

笑顔で握手をして別れた2人だったが、なぜかともに、これが永遠の別れになるような気がしていた。

ルーエがフッ素を追い求めてから、すでに8年の月日が流れていた。

かつての同僚たちは、さまざまな化学の分野で業績をあげ、教授になっていた。しかしルーエは昇進もできず、助手もつかず、万年ヒラ講師だった。

《元素こぼれ話》

デュポン社のロイ・ブランケット博士は1938年4月6日、テトラフルオロエチレンを原料にしてフロンガスのような物質を探るための実験をしていた。原料を仕込んで、しばらくしてボンベのバルブを開いたが何も出てこない。がっかりして捨てようとしたところで彼の好奇心が勝り、思い切ってボンベを切ってみると、ボンベのなかはテカテカした白い粉末で覆われていた。

意外な実験結果に、「何じゃこりゃあ〜」と探った結果、ポリテトラフルオロエチレンというフッ素化合物のプラスチックであった。さらに驚いたことに、このプラスチックは加熱しても溶けず、どんな薬品にもまったく溶けない、夢のような物質であった。唯一の欠点は高価なこと。忘れ去られる運命にあったこの物質は、「テフロン」という商品名で脚光を浴びることになる。

時間だけがいたずらに過ぎていく……。

その日も、1人孤独に、粗末な実験室で原料のフッ化水素を合成していた。フッ化水素は毒性が強く、ガラスをも腐食する凶暴な化合物である。

慣れた手つきで蛍石に濃硫酸を加え、加熱しはじめた。

蛍石でできた容器に、発生したフッ化水素ガスを注入できるようになっている。容器は、4本のバネで容器と蓋を引っ張って押さえつけているのだが、そのバネの1本が外れかかっていた。

それに気づかず、ルーエは加熱しつづける。しばらくして、胸を締めつけるような痛みと苦しさが襲ってきた。

「しまった、フッ化水素が漏れている！　外に逃げなくては！」

急いで部屋を出ようとしたそのとき、実験装置に触れて、熱い濃硫酸を含んだ液体が体にかかった。ルーエは朦朧《もうろう》としながらも、必死にドアのところまで行ったが力尽き、永遠に帰らぬ人となった。

1月《ひとつき》後、ニクレのもとにルーエの悲報が届いた。

「ルーエ君、なんで君まで死んじゃったんだ。ノックス兄弟と同じ失敗をするなんて！　お互い、ガスにはやられないぞって約束したのに……。悪魔の元素め。敵は僕が必ずとってやるからな！」

ニクレは決意も新たに、それまで以上の熱心さで、フッ素を取り出す実験

《元素こぼれ話》
魔法のプラスチック、テフロンはフッ素と炭素からできている物質で、生体への拒絶反応も少ないことから、心臓ペースメーカーなどに利用されてきた。強い宇宙光線にも耐性があり、宇宙服や宇宙船の素材として、宇宙開発にもふんだんに使われた。一般向けには、1960年に「テフロン加工」という触れ込みでフライパンの内張りにされ、焦げつかない魔法のフライパンとして話題をさらった。

を繰り返した。

いつしか20年という歳月が流れた１８６９年のある日、実験中にフッ化水素が爆発した。ガスを吸い込んだニクレは、薄れゆく意識のなかでルーエに詫《わ》びた。

「ルーエ君、仇を討てずにすまない……」

こうしてしだいに、化学者たちはフッ素の発見をあきらめていった……。

１８８６年、フランス・パリ。

レオは、フッ素を研究している化学者だという触れ込みで、パリ薬科大学のモアッサンを訪ねた。化学者どうし、すぐに意気投合して話が弾んだ。ひとしきり語り合ったあと、連れだって居酒屋へと向かった。

ワインを飲みながら、モアッサンは自分の生い立ちを話した。

「私は貧しい家の出で、大学で正規の化学教育を受けていません。薬局に勤めながら、独学で化学を学んでいたのですが、幸運なことに、20歳のとき、当時、パリ自然博物館の館長をしていたフレミー先生が声をかけてくれたのです。それから先生の弟子となって、化学と薬学を勉強したんです」

「恩師との出会いが人生を変えた、ということですね」

「そうです。いまは、私の妻の実家が裕福で、妻のお父上が経済的な援助を

●１８８６年
明治19年。自由民権運動が盛んになる。

●モアッサン
１８５２～１９０７。フッ素の研究に取り組み、単離に成功。モアッサン電気炉を発明。１９０６年、ノーベル化学賞を受賞した。

●フレミー
１８１４～１８９４。エコール・ポリテクニークの化学教授。

してくれているので、研究費用の心配はしなくてもよくなりました。研究室のドプレイ先生も理解を示してくださるので、遠慮なく実験ができます。幸せ者です」

「それは何よりです」

「フレミー先生は、若いころにブリュッセルのルーエという化学者に会いにいき、フッ素分離の話をいろいろと聞いたそうです。そして先生自身、フッ素分離の一歩手前までいったそうなのですが、やはり電気分解の極板が腐食に耐えられないので不可能だと判断し、挫折しました。結局、フッ素は悪魔のような元素で、うまく取り出す方法はない、と結論づけられたのです」

「たしかに、フッ素をめぐっては多くの人が亡くなりましたからね……」

「でも、残念じゃないですか。それで、ここは1つ、先生があきらめたものを、弟子の私がチャレンジしてみよう！　そう意気込んだのですが、正直、フッ素の分離はもう八方塞《ふさ》がりです。実験中の事故で片目の視力も失いました。ノックス兄弟やルーエさん、ニクレさんと同じようになるのでは、という恐怖心もありますし……」

かなりワインを飲んだレオは、語気を強めて言った。

「……熱いからといって火を消していては、猿のままだったんですよ、人類は。困難にチャレンジしつづけてきたからこそ、いまの人類があるんです」

●電気分解

フッ素を取り出すには、化合物のなかのフッ化物イオンから、電子を電気分解によってはがす。

「ダーウィンの〝種の起源〟ですか……」

「そうです！　火を恐れてはだめです！　ルーエさんやニクレ教授、さらに数々の化学の殉教者《じゅんきょうしゃ》の屍《しかばね》を乗り越えて、仇を討たないと！」

「そうですね！」

「もうここまで来たら、あとは最新の電気分解しかないでしょう。アルミニウムだって……」

　アルミニウムも電気分解、と言いかけて、レオは話をやめた。

　アルミニウムを電気分解でつくりだす方法は、この時点ではまだ見つかっていないのだ。歴史に名を残すホールとエルーがまさにいま、新しい実験をして成功に向かっている最中だろう。

「電気分解はわかっているんですが、何を電気分解するか、そして耐腐食性の極板に何を使うか、そのあたりが……」

「三フッ化リンや三フッ化ヒ素よりも、フッ化水素カリウムの液体のほうが電気も流すし、分解しやすいのではないでしょうか。それから、電気分解の容器は銅のU字管にしましょう」

「なるほど、液体にしやすい化合物か！　それが大事なんだ！　でも、何で銅を用いるのですか？」

「銅がフッ素と反応して、耐腐食性のフッ化銅になるからです。内側に自然

●アルミニウム
アルミニウムは鉱物から取り出しにくい。1886年、アメリカのホールとフランスのエルーがそれぞれ別に製造法を発明し、それまで1kgあたり1万ドルしていたアルミニウムの価格を40セントにまで下げた。

に耐腐食性のライニングが生じるのです。電極は腐食されないように、白金とイリジウムの合金がいいでしょう」

「極板も合金にすればいいのか！」

「反応が激しく起こるのを防ぐために、電気分解も低い温度で抑えてやったほうがいい。室温では爆発する危険がつきまといますからね」

「なるほど！　低温で電気分解とはすごい！　思いもよらなかった……」

「マイナス30℃くらいまで冷やすというのはどうだろう」

「すばらしいアイデアだ！　まったく思いつきませんでした」

「いや、なに、酔っ払いのほんの思いつきです」

レオはワインを飲みすぎて、すっかり赤い顔をしていた。いま飲んでいるのは中世からの古典的製法でつくられた豊穣なテロワールのワインだ。都内の高級店で飲む数十万円のボルドーよりも〝本物〟のボルドーが、ファストフードなみの値段でふんだんに味わえるのだから無理もない。

モアッサンは、レオの提案を紙ナプキンの裏に熱心に書きとめながら言った。

「あと1つ困っていることがありましてね。新しい元素であるフッ素を取り出しても、それを確認する方法がないんですよ」

「それなら、ケイ素を使ってみてはどうですか。ほかの元素とは反応しにく

●ライニング
内張り。

●テロワール
〝地の味〟ワインの、畑ごとに異なる風味のこと。グローバリズムの大量生産で画一的になり、個性（テロワール）が消滅しつつある。

●ボルドー
フランスの大西洋岸にあるワインの産地。

いですから、もしもケイ素と一瞬で激しく反応するようなら、それはフッ素の発見と言えるでしょう」

「ケイ素ですか……うん、いけるかもしれない」

モアッサンは、新たな決意と希望が湧いてくるのを感じた。

翌日、モアッサンは晴れ晴れとした気持ちで電気分解にチャレンジしはじめた。それまでの物質はすべてやめて、レオにすすめられたとおり、フッ化水素カリウムを溶かし、さらに発生ガスの凶暴性を抑えるために低い温度で電気分解する。

実験装置も、安全を追求し、完全密閉の妥協のないものにした。なにしろ、これまでに多くの化学者の命を奪ってきた危険な電気分解である。

電気を流しはじめると、しばらくして陽極に気体が発生した。容器には薄い黄色の気体が集まっているようだった。

「おおっ、気体が発生している！　これがフッ素の気体なのか⁉」

モアッサンは鳥肌が立つほど興奮しつつも、まだ新元素の発見に懐疑的だった。

「彼が言うように、これがもしフッ素だったら、ケイ素の破片と反応するはずだが……」

モアッサンは、恐る恐る、容器にケイ素の破片を入れた……。なんと、安

《元素こぼれ話》

1960年代半ば、アメリカ・シンシナティ大学のL・C・クラーク教授が飼育していた実験用マウスの1匹が檻から逃げ出し、ガラス容器のなかの白い液体に溺れてしまった。ところがこのマウス、白い液体に浸かったまま優雅に泳いでいた。「まるで魚じゃないか！」。

こうして偶然にも、白い液体、フルオロカーボンという炭素とフッ素の化合物が、酸素をたくさん取り込んで溶かしていることに気がついた。これにより、血液のように酸素を運ぶ「人工血液（人工酸素運搬体）」のヒントが見出されたのである。その後、ハーバード大学のガイヤー教授によって、マウスの血液をそっくりフルオロカーボンと入れ替える実験も成功。

現在では、パーフルオロデカリンという化合物が注目を集めている。

定で反応しにくいケイ素が、一瞬で爆発的に燃え上がったではないか！

１８８６年6月26日、多くの殉教者を出したフッ素は、こうして発見された。

モアッサンはパリの科学アカデミーの非会員だったため、学術委員会の前で公開実験を行うことを求められた。はじめは失敗して恥をかいたが、翌日、見事に大成功をおさめた。難攻不落のフッ素が発見された会場には、聴衆の驚きが溢れていた。

モアッサンの恩師、フレミー先生が壇上で、興奮を抑えきれず叫んだ。

「紳士のみなさま、教え子が自分を乗り越え、自分よりすぐれた人間に育っていくのを見ることは、師としてなんとうれしいことでしょう！」

聴衆は惜しみない拍手を送った。

こうして、フッ素をめぐるドラマは幕を閉じた。

モアッサンもまた多くのフッ素ハンターと同じように、フッ化水素により健康を害していた。しかし、電気炉の改良や人工ダイヤモンドの研究など、その好奇心は尽きることがなかった。

１９０６年、フッ素の研究と分離およびモアッサン電気炉の製作によってノーベル化学賞受賞の栄誉に浴したが、その翌年、虫垂炎で急死した。

●**科学アカデミー非会員**
科学アカデミーに入っていない人はアマチュアと見なされていた。

●**人工ダイヤモンド**
モアッサンは１８９３年に人工ダイヤモンドの合成に成功したと発表したが、じつは助手が彼を喜ばせるために、あとで天然ダイヤを入れていた。

●**モアッサン電気炉**
電気の放電により、３５０0度もの高温を生じる炉を発明した。

フッ素 原子番号9

F

▶**ハロゲン**といわれるグループに属し、非常に激しい反応性を示す凶暴元素のキングです。凶暴すぎて扱いづらく、マイナーな元素でしたが、やがて表舞台に立ちます。それは、1940年代のアメリカの極秘プロジェクト「**マンハッタン計画**（世界ではじめての3発の原子爆弾を製造する計画）」でした。

▶**フロン**は「クロロ・フルオロ・カーボン」といい、炭素原子にフッ素原子と塩素原子が結合した物質の総称です。安定した気体で腐食性もなく、圧縮するとすぐに液体になることから、スプレーのボンベのガスやエアコン、冷蔵庫の冷媒に使われました。

▶フロンを使った安全な冷蔵庫が発明され、大量生産で広がり、世界じゅうで多くの人がそれまで当たり前だった食中毒の死から救われました。こうしていちやく脚光を浴びた英雄が、じつは**オゾン層**を破壊するとてつもなく有害な物質だということに、長いあいだ誰も気づきませんでした。

▶この物質をスターにしたのが、マンハッタン計画です。原子爆弾の開発では、放射線を出して分解する**ウラン235**という物質を濃くしていく「**ウランの濃縮**」という工程が必要となり、いったんウランをフッ素と反応させて**六フッ化ウラン**という気体に加工します。六フッ化ウランのガスは非常に腐食性が高く、製造装置や分離装置を腐食するのが最大の難題でしたが、テフロンは腐食されず大丈夫なので、テフロンが用いられるようになります。高価なテフロンも、国家の極秘プロジェクトでコストを度外視できるからこそ、大量につくることができたのです。

第8話　舎密開宗

「今回は、江戸時代の日本にタイムトリップしてもらう。ミスター鳴門、君は母国の歴史に立ち会うことになる」

「日本、ですか？　おかしいですね。日本では、最近まで元素の発見なんて行われていないはずですが。１１３番のジャポニウムだって、まだ名前がついていませんし……」

「元素の発見ではない。サイエンスの歴史のなかで、君には今回、元素の歴史すべてにからんでもらうのだ」

「でも、江戸時代には、だいたい化学なんて学問がないですよ」

困惑するレオをからかうように、シガーマンは言った。

「さすがのミスター鳴門でもわからないかね。では、日本に最初に化学をもたらした偉大な人物、と言ったらどうだろう」

レオは、必死に頭を働かせた。

●１１３番元素
２００４年、日本の理化学研究所が合成・発見した元素。周期表ではまだ名前がついておらず、ラテン語の数字のウンウントリウム（１１３）となっている。ちなみにunは1で、イタリア語ではuno（ウノ）。英語のoneの語源。

●ボイル
１６２７〜１６９１。アイルランドの科学者。「ボイルの法則」で知られる。

●ラボアジェ
１７４３〜１７９４。元素の概念や精密な実験で化学の法則をつくった近代化学の父。兼業で徴税役もやっていたため、フランス革命でギロチン処刑された。

――化学は錬金術としてギリシャやアラビアで発達し、1661年、科学者、ボイルによって錬金術と訣別《けつべつ》した。そして、フランスの化学者、ラボアジェによって、近代的な化学が産声《うぶごえ》をあげたのだ。江戸時代の日本の歴史に化学がからむはずがない……。

「君も知っているはずだがね。日本語の〝窒素〟や〝酸素〟といった元素の名前から始まって、いろいろな化学用語をつくりあげた人物だ。『ミクログラフィア』の訳で、cellを〝細胞〟と訳したのも彼だ。それだけでも偉大なサイエンティストと言えよう」

「わかりました、宇田川榕菴《ようあん》先生ですね！　日本にはじめて化学という学問を持ち込んだ蘭学者の……」

「そういうことだ。日本人でも宇田川榕菴を知る人は少ないのではないかな。彼は蘭学者で、シーボルトとも接触があった。蛮社《ばんしゃ》の獄《ごく》によって彼が捕えられれば、最悪、打ち首になり、日本に化学は誕生しないし、蘭学も壊滅的な打撃を受けることになる。テラ・シェパードはそのあたりまで細かく介入してくるはずだ。榕菴を獄死や刑死といった別の宇宙に進ませかねない。そうなれば、もちろんいまの君がいない世界になってしまうのだ」

「わかりました。必ず宇田川先生を守ります」

「これが彼に関する資料だ。ミッションの前に目を通しておきたまえ」

●ミクログラフィア
イギリスの化学者、ロバート・フックが1665年に発刊した顕微鏡観察によるスケッチ集。フックはニュートンの不倶戴天のライバルで、「ばねの法則」などで知られている。

●宇田川榕菴
1798〜1846。江戸時代後期の蘭学者。榕庵とも。元素名、化学用語、生物学用語を造語した。

●蘭学
オランダ、西洋に関する研究。鎖国をしていた日本に、唯一、西洋から入る情報はオランダのものだった。

レオは携帯デバイスの資料を見ながら、シガーマンに言った。

「それにしても、鎖国というかぎられた環境のなか、日本の後進性を憂《うれ》えて独学でオランダ語をマスターした蘭学者たちが、次から次へと逮捕され、最悪、刑死とは……。学問をして逮捕や死刑なんて時代がほんとうにあったんですね」

「皮肉なものだ。長い歴史のなかでは、学問が民衆に広まることが為政者にとって最大の脅威になる時代もあったのだ。大衆をいかに盲目にするか、無知にするか、それが究極の支配ということだ」

「しかし、困難にもめげず、命をかけて知識を吸収していった先人の天才たちに、ワンクリックで情報がいくらでも手に入るネット時代の、ある意味、堕落した現代人の僕がアドバイスするとは、僭越《せんえつ》すぎるようにも思えますが……」

そう言って、ヘネシーのグラスをぐっと飲み干したレオに、いつものカバンと1836号室のキーが渡された。レオの背中を見送りながら、シガーマンはつぶやいた。

「……歴史はメビウスの環のように、同じことを繰り返しているのだ」

ホテルの部屋で資料を読みながら、レオは先人の苦労に思いを馳《は》せていた。

●シーボルト
1796〜1866。ドイツの名門の出の医師。長崎で鳴滝塾を開き、蘭学教育で高野長英らを育てる。日本地図を所有していたため、幕府から国外追放処分を受けた。

●蛮社の獄
1839年、幕府によって、多数の蘭学者が逮捕された事件。

●メビウスの環
表をたどると裏になってしまう、ねじれた輪。

江戸時代、西欧社会との唯一の接点であった長崎・出島で調達したオランダからの化学の本を翻訳する作業は、困難をきわめた。それより60年近く前、前野良沢《りょうたく》と杉田玄白《げんぱく》らが『ターヘル・アナトミア』という医学書を翻訳したときは、彼らが医学という共通の予備知識をある程度持ち合わせていたので、そのバックボーンに基づいて訳していくことができた。

それに対して、宇田川榕菴の翻訳作業は、それまでの日本にはない、まったく新しい学問である化学についての文献の解釈である。たとえて言えば、自動車という存在を見たことも聞いたこともない人間が、自動車についての洋書を訳すようなものだった。

しかも榕菴は、一つひとつの単語を、日本語の新しい単語としてつくっていったのである。さらに、彼自身の注釈や解釈などを詳細につけた。その点ではただの翻訳本とは違い、彼自身の著作でもあり、日本に化学を紹介したことにとどまらない業績と言えるだろう。榕菴はまさに、日本に化学をもたらしたエヴァンジェリストなのだ。

1836（天保7）年7月、江戸の鍛冶橋《かじばし》（現在の東京駅付近）にある津山藩の藩邸。

●**ターヘル・アナトミア**
人体の解剖書で、ドイツ人医師、クルムスが書いたもの。オランダ語版を入手した前野良沢、杉田玄白らが翻訳し、1774年、『解体新書』として刊行された。

●**エヴァンジェリスト**
伝道者。

●**鍛冶橋**
東京国際フォーラムと八重洲ブックセンターがあるあたりのこと。

●**津山藩**
現在の岡山県津山市の津山城を拠点とした藩。

レオは、宇田川榕菴への面会を申し入れたものの、女中や弟子から、「先生はいま執筆中で忙しいので、どなたともお会いになりません」と断られ、取り次いでもらえない。

「では、せめてこれを先生にお渡しいただけないでしょうか」

レオは、洋紙に認《したた》めたメモを女中に託した。

1時間ほどたっただろうか、やっと女中が出てきた。

「先生がお会いになりたいとおっしゃっています」

レオは、巻物や書物が整然と並ぶ榕菴の書斎に通された。

「これをあなたが書かれたのですか？　アラビア語の知識がおありで？」

〝al chemeia　物質変換〟と書かれたメモを手にしながら、榕菴は訝《いぶか》しげにレオの顔をのぞきこんだ。

「西洋の学問をひそかに学んでいる者です。先生の『ボタニカ経』を読みまして、ぜひともお会いしたいと思いました。舎密《セイミ》についても多少の知識がありますし、ラテン語の知識もあります」

榕菴は、しっかりと相手の目を見て話すレオを、同業の人間として受け入れてくれたようだった。

「舎密を知っているお人がいるのは心強い。じつは舎密の本があるのですが、訳すのに難航しておりまして。そもそも、舎密の語源とはいったい何なので

●al chemeia
al はアラビア語の定冠詞。chemeia は黒い土＝エジプトのことで、錬金術をさす言葉。al のつく言葉には、アル・コール（ザ・エキス）、アル・カリ（ザ・灰）、アル・カイダ（ザ・基地）などがある。

●ボタニカ経
リンネの植物分類学体系を紹介した、日本最初の西洋植物学書。

●舎密（セイミ）
江戸時代の化学の呼称。

しょうか」

「舎密の語源はアラビア語です。al はアラビア語の定冠詞、chemeia は諸説ありますが、黒い土というエジプトという国を指した語で、〝エジプトの術〟というような意味に由来するとされています。古代、エジプトの技術にはいろいろなものがありましたから。そこから、金属を変える、という意味に転じたのでしょう。やがてアルケミーは錬金術という意味になり、それがオランダ語のchemie《セミー》すなわち舎密になったようです」

「なるほど。語源は奥深いようですな。しかもよく勉強しておられる」

「いえ、先生の蘭学の知識からすると、取るに足りない聞きかじりのようなものです。それでも、ぜひ先生のお役に立ちたいと馳せ参じました」

「これはこれは、頼もしい。ではあなたなら、万物を構成する究極の種類、element を何と訳されますかな。要素、ではなんだか足りない気がしましてね」

「そうですね、ちょっとそっけないかもしれません。万物の素、ですから〝元素〟という言葉など、どうでしょうか？」

「おおっ。それは語感もいい！　〝元素〟ですか！」

榕菴は、レオのセンスにいたく感動しているようだった。2人の距離がぐっと縮まり、天才から矢継ぎ早に質問が飛び出す。

●オランダ語
日本にはオランダ語由来のものが多い。「おてんば」（オランダ語ではontembaar）などもその1つといわれる。

「stickstofをどう訳そうか、悩んでおります。向こうの言葉では亜曽烏底《アゾウト》といわれるものなのですが。とりあえず〝殺素〟としてみたが、なんとも語感がよくない」

「アゾウトとは、ア（a）がギリシャ語の否定語で、ゾー（zoe）は〝生きる〟という意味ですから、生きられない、ということになります。たしかに、このガスだけを満たしたビンのなかでは、動物は窒息《ちっそく》してしまいますからね」

「なるほど、窒息する素ですか。では、〝窒素〟だ！　ギリシャ語も堪能《たんのう》ですな！　ちなみに、ガスとは〝瓦斯〟でいいのかな？」

「そうです。ガスはもともと、ギリシャ語のカオス、〝混沌《こんとん》〟から来た言葉なのです」

「なんと、あなたは博識でいらっしゃる」

　榕菴は、うれしそうに紙に筆でササっと書きつけた。

「先生、従来の水質、炭質、酸質といった言葉も、水素、炭素、酸素と変えて、新しい言葉にされてはいかがでしょう」

「それはいい考えですな。それから、この単語は……直訳すると曹達《ソーダ》炭酸なのですが、〝炭二‐酸曹達一〟と返り点をつけようかと思っているんです」

「先生、漢文の格調を保つとなると返り点が必要ですが、新たに西洋の学問を持ち込むわけですから、西洋風にして、返り点はもうやめませんか。宇田

●**zoe**
ギリシャ語で「生きる」という意味。動物園のzooとか、zoom（活力ある）、ゾエア、ゾイドも同語源。

川家が漢学のお家であるのは承知しておりますが、ここはひとつ新しい学問のために、オランダ風、ヨーロッパ風にしましょう」

「漢詩のような格調高さを捨てろと？」

「中国に縛られる必要などありません。オランダから伝わってくるわずかな情報を見ても、西洋のほうがいかに学問が進んでいるかがわかります。日本が鎖国しているあいだに、世界はヨーロッパを中心にめまぐるしく変わっているのです」

「なるほど。あなたはほんとうに事情通ですな。たしかに、舎密は西洋のすぐれた学問ですから、漢文とは訣別する必要があるかもしれない。先日から、炭㆓酸曹達㆒か曹達炭酸か、夜な夜な悩んでいたのですが、あなたの話で何か晴れ晴れとした感じがします」

榕菴の警戒心がすっかり解けたところで、レオはいよいよ核心の話を切り出した。

「先生、じつは近いうちに蘭学者の摘発があります。危険思想と見なされないためにも、幕府を批判した文書はもちろん、政治についての覚書などもすべて廃棄しましょう」

榕菴も、さすがにこれには反論した。

「まさか、そこまで危険思想だとは思われていないでしょう。後世の人びと

《元素こぼれ話》
日本人も近年、ノーベル化学賞の受賞で快挙を成し遂げている。
筑波大学の白川英樹名誉教授は導電性高分子（電気を流すプラスチック）の発見で受賞（２０００年。ヨウ素が重要な役割をした）。理化学研究所の野依良治理事長はルテニウムの化合物を触媒にした化学反応で受賞（２００１年）。田中耕一博士は蛋白質の解析法の発明で受賞（２００２年）。ボストン大学の下村脩博士は蛍光蛋白質の発見で受賞（２００８年）。北海道大学の鈴木章名誉教授とパデュー大学の根岸英一教授はパラジウムや亜鉛、ホウ素などを利用した分子の合成法の発見で受賞（２０１０年）。

に伝えるためにも、私の貴重な日記などは絶対に燃やすことはできませぬ」

独学で学んだ知識人、それもシーボルト事件をかいくぐってきた人物だけに、その決意たるや簡単には崩せそうもない。

レオはしばらく沈黙したのち、意を決して、こう切り出した。

「先生を当代きっての知識人と尊敬すればこそ、ぜひ聞いていただきたいことがあります」

「……同業の方にそれほど見込まれて、いやとは言えませんな。いったいどんなお話でしょう」

「じつは……私は170年後の世界から来た人間なのです」

「……」

榕菴はしばし考え込んだ。

「……なんともとっぴな物言いをなさる。私にそれを信じろと？」

「ここに証拠があります」

レオは風呂敷に包んであったノートパソコンを取り出した。

「これは……？」

「170年後の人間が使う、巻物のようなものです」

「こんな薄っぺらい箱が、光って、いろいろと絵物語を伝えるというのか」

「分子を使った影絵みたいなものです。総天然色のものですが」

●シーボルト事件
1828年、ドイツ人医師のシーボルトが帰国するさい、国外に持ち出し禁止の日本地図を持っていたため、彼と交流のあった十数名の蘭学者が処分された。

レオは、思いがけないものを前にして息を呑む榕菴に、パソコンに入っている動画を見せた。

「おおおっ、これは動く紙芝居！　葛飾北斎先生も驚きなさる！」

「北斎先生は170年後も世界に誇るアーティスト、いえ、芸術家、いや絵師です！」

次に、東京駅付近の地上を俯瞰《ふかん》した映像を見せる。

「これが170年後の江戸です。先生がいまお住まいの鍛冶橋はここ、この赤レンガの建物が東京駅です。これが外堀通り、たくさんあるのは自動車という自分で走る籠みたいなものです。炭化水素の爆発・燃焼の力で走ります。こっちが自動車専用の道路、首都高速・都心環状線（C1）と呼ばれるものです。ここの下に日本橋があります」

江戸時代の終わり、明治時代、そして2度の世界大戦、広島、長崎への原爆投下、戦後の高度経済成長、そしてインターネット社会を順を追って見せた。

宇田川榕菴は、さすが独学の蘭学者だけあり、世界観が広く、度量も大きかった。映像をじっくり観察すると、レオの話をすんなりと受け入れた。

「富士山だけは変わらないようですね。この手前の、白と青の長いへびのような動くものは何でしょう？」

●**葛飾北斎**
1760〜1849。江戸時代後期に活躍した浮世絵師。代表作に『富嶽三十六景』など。

「これはたくさんの人を乗せて移動する機械です。エレキテルのようなもので動きます。江戸から大坂まで1刻と4半刻（2時間半）、弥次郎兵衛・喜多八もびっくりの速さです」

「なんと！　大坂までそんな時間で行けるとは！　早飛脚でも6日かかるというのに！」

やがてノートパソコンの電池がなくなり、画面が消えた。

「先生、電池切れです。もう見られません」

「これは電池が使われているのですか？　ヴォルタの電池が？」

「ヴォルタの電池ではなく、リチウムイオン電池です」

電池パックを外して渡すと、榕菴は不思議そうに手にとって眺めていた。

「この電池も日本のお家芸です。先生のような日本人のひたむきな勤勉さによって、日本は世界でもトップレベルの技術大国になります。先生が日本にもたらした舎密は、第2次世界大戦のあと、世界に追いつくべく学ばれ、世界に誇るまでに高まっていきます。日本は舎密の国になります」

「なんと……。それでは、いまの仕事をなんとか完成しませんとな。なんとしても、このオランダの本を訳して世間に舎密を広めないと……」

自分が何をなすべきか、榕菴は理解した。

「わかりました。幕府の密偵に見つからないように、そしてこの〝舎密開宗〟

●エレキテル
江戸時代に、平賀源内がつくった静電気を起こす装置。
●大坂
現在の大阪。
●ヴォルタ電池
人類最初の本格的な電池。1800年、イタリアの物理学者、アレクサンドロ・ヴォルタがつくり、電気の時代が開かれた。電圧のV（ボルト）も彼の名前から来ている。

を書きあげるためにも、いらない独り言や幕府批判の手記はすべて焼いてしまいましょう」

2人は季節外れの火鉢を庭に出して、こっそりと日記やメモ書きを焼いた。焼却処分は朝方までかかった。

「将来の日本は、自由に学問ができるようになるのですか？」

「そうです」

レオは、残念ながら舎密（化学）はとりわけ学生に人気のない科目なんです、と言いかけてやめた。

「先生、これで幕府から余計な嫌疑をかけられることはなくなります。安心して〝舎密開宗〟を完成させてください」

榕菴はレオとの別れ際に、力強くこう言った。

「必ずや完成させますよ」

榕菴はすぐさま執筆にとりかかった。

「舎密の学、万物資《よ》りて以って始生し、集まりて以って体を成すの元素を知る。蓋《けだ》し離合の学なり……」（化学という学問は、物質すべてを構成し、集まって物質をつくりだす元素を研究するものである。つまり元素が集まり、離れることを学ぶものである）

こうして、1837（天保8）年、『舎密開宗』第1巻が刊行された。時代

《元素こぼれ話》

2010年ノーベル化学賞を受賞した鈴木教授、根岸教授の師にあたるアメリカ・パデュー大学のH・C・ブラウン教授は、苦学生のころ、のちに妻となる当時の恋人からホウ素（boron）に関する化学の本をクリスマスにプレゼントされ、ホウ素の研究者になった。じつは、その本がいちばん安かったからだったとか。そして、ホウ素を用いた反応でノーベル化学賞を受賞した。名前も水素、炭素、ホウ素のH・C・Bで、まさに運命だったと言えるだろう。

は、大塩平八郎の乱、モリソン号事件、ペリー来航と急速に幕末に舵《かじ》を切っていく激動の時代の幕開けを迎えていた。


現代にもどると、レオは興奮ぎみにシガーマンに報告した。

「ミスターシガーマン、ありがとうございます。日本人として、あれほどすばらしい化学の先人がいたことを誇りに思います」

シガーマンは葉巻をくゆらし、感慨深げに言った。

「日本にも宇田川榕菴をはじめ、関孝和《せきたかかず》、華岡青洲《はなおかせいしゅう》など、世界に誇る人材が多数いたのに、鎖国で世界に知られることなく今日まで来てしまったことは残念だな。もっと先人の努力をリスペクトしなくてはいかん。幕末の英雄はなにも坂本龍馬だけではないのだから……」

シガーマンの言葉を聞きながら、レオは、硝酸で顔を焼いて幕府から逃れたのち、捕まって獄死した蘭学者、高野長英の姿を思い浮かべていた。

●大塩平八郎の乱
1837年、幕府のエリート、大塩平八郎が腐敗政治の打倒と貧民救済のために大坂（現・大阪）で武装蜂起した事件。

●モリソン号事件
1837年、アメリカの商船、モリソン号を薩摩藩と浦賀奉行が砲撃した事件。

●関孝和
1642?～1708。江戸時代の数学者（和算家）。日本独自の計算法で西洋の最先端レベルの数学を行い、海外に先駆けて行列式を生み出した。

●華岡青洲
1760～1835。1804年、世界初の全身麻酔による手術に成功。その40年後にボストンで、初のエーテル麻酔手術が行われている。

●高野長英
1804～1850。江戸時代後期の医者・蘭学者。1837年、蛮社の獄により投獄される。

日本における化学の導入

▶日本の化学は、宇田川榕菴が刊行した**『舎密開宗』**により始まりました。イギリスのヘンリー（気体が水に溶ける量に関する**「ヘンリーの法則」**で有名）の著書やオランダの化学者、イペイの化学書などを入手して、数冊を比較して訳しながら、彼独自の実験結果や見解、コメントなどを入れて執筆し、日本にはじめて化学を紹介しました。

▶おもに無機化学を主体としていましたが、さらに有機化学や生化学などの翻訳を手がけている最中に亡くなりました。11カ所の温泉を化学分析したり、実際にオランダの文献どおり化学実験をするなど、彼自身が日本ではじめての化学者ともいえます。

▶彼が『舎密開宗』を出版したのは、外国船の江戸近海への出没やコレラ流行など、不穏な激動の時代でした。西洋植物学を**『ボタニカ経』**（植物学のラテン語がボタニカ）で紹介したり、イギリスのロバート・フックの『ミクログラフィア』（顕微鏡で見た生き物などの極微の世界を紹介した本）から、**「細胞」**という訳語をつくりだしました。また、オランダの文化にも傾倒し、音楽やカルタやコーヒーも紹介しました。日本語の「珈琲」も彼の考案です。

▶「舎密」を「化学」という言葉にしたのは、兵庫県三田出身の蘭学者、**川本幸民**（1810 ～ 1871）です。国産初のマッチをつくり、ビールも醸造し、試飲会を行いました。幕府の仕事で海外の書物を読む機会が多かった彼は、中国の書物で**「化学」**という言葉を知り、1861年（文久元年）に『化学新書』を著して「舎密」を「化学」という言葉に改めました。さらに**アトム**（亜多面）、**蛋白**、**合成**、**重金属**などの漢字を造語し、日本に化学を広めました。

第9話 元素にひそむルール

帝都大学ケミカルセンター7階の鳴門研究室。講義に向かうため、研究室のドアを開けようとしたそのとき、レオの携帯デバイスが鳴動した。

「今晩会いたい」

シガーマンからの連絡だった。

「今回のミッションは何だろう。……おっと、いけない。その前に僕の本職をきちんとこなさなくちゃ」

今日のテーマは「周期表と量子論」である。

——すべての元素を網羅《もうら》して、そのシステムを表したのが「周期表」です。物質の世界を旅するときの地図のようなものだと考えてください。

周期表が誕生するまでには長い道のりがありました。何よりもまず、「元素」という言葉が登場するのに、1人の化学者の登場を待たなければならな

《元素こぼれ話》
物理学の父ニュートンも晩年は錬金術にとりつかれ、実験で使う水銀などによる中毒のためにパンツ姿で外出するなど奇行が目立ったという。彼は将来、元素を変換できるようになると信じていた。300年たって、加速器や原子炉で元素が変換されるようになり、彼の夢が実現した。

かったのです。

物理学は早くに誕生しました。1687年、天才ニュートンの『プリンキピア』の発刊によって、それまでキリスト教と一体になって自然観を支配していたアリストテレスの哲学と訣別し、サイエンス、つまり自然科学が産声《うぶごえ》をあげたのです。

ところが、化学の誕生にはそれから100年もかかりました。それまでの化学は錬金術であり、サイエンスとしての化学の誕生は、〝化学の父〟といわれるラボアジェが1780年代に発表した一連の理論まで待たなければならなかったのです。

化学の誕生が遅れた理由には、物理と違って個々の物質、しかも膨大な種類の物質の性質を研究対象としたことがあげられます。例外も多く、系統的に把握《はあく》するのが難しかったからです。

1789年にラボアジェが「元素」という言葉を定義しました。元素とは、「どんな方法を用いてもそれ以上分解することができない物質」としたのです。

彼の元素表には、金、銀、銅、炭素、硫黄など、古代から知られていた30種あまりの元素のほか、光と熱までもが元素として載せられていました。

これを機に、次々と新しい元素が発見されていくわけですが、そうなると

●プリンキピア
ニュートンの代表作。「自然哲学の数学的諸原理」という。

●アリストテレス
プラトンの弟子で、その教えは軽いものより重いものが先に落ちるなど、非科学的だが、権威として2000年近く哲学を支配した。

当然、その分類がテーマになります。金、銀、銅の類似性に始まり、似たような元素の存在に気づく人も出はじめていました。

この流れの大きなきっかけになったのが、1826年のフランスのバラールによる臭素の発見です。

パリの薬学学校の助手だったバラールは、フランス南部の学園都市、モンペリエ近郊で、塩類がたくさん溶け込んだ湖沼の分析をしていました。そこで採取した水に塩素を吹き込んだところ、なんといっぺんに赤褐色に変わったのです。これは新しい元素を含んでいるに違いないと考えて分析を進めた結果、新しい元素を発見しました。

バラールは、この元素に「ムライド（海水中にあるもの）」という名前をつけようとしたのですが、フランス科学アカデミーから却下され、ギリシャ語の「ブロモス（臭い）」にちなんだ「ブロミン」と名づけたのです。

いまふうに解釈すると、この湖の水は臭化物イオンを豊富に含んでいたため、塩素と反応して電子が抜き取られ、赤褐色の臭素が発生したということになります。

発見された臭素は、ドイツの化学者、デーベライナーが予想したとおり、すでに知られていた塩素とヨウ素に似ていました。塩素とヨウ素の中間的な性質を示していたのです。いわゆる「デーベライナーの3つ組元素」です。

●バラール
1802～1876。フランスの化学者。臭素のほか次亜塩素酸、一酸化塩素などを発見した。

●塩素の性質
塩素は相手から電子を奪い取る力（酸化力）が大きい。

●デーベライナー
1780～1849。ドイツの化学者。3つ組元素により、周期律発見の端緒を開いた。

リチウム、ナトリウム、カリウムも、またカルシウム、ストロンチウム、バリウムも３つ組元素です。しかし、ほかの化学者たちは、「ただの偶然の一致」としか考えていなかったようです。

いっぽう、フランスの地質学者、シャンクルトワが、元素の性質を並べて結んだグラフにすると、らせん状に繰り返し似た性質が現れることを「地のらせん」という言い方で示しました。ただ、彼の論文は難解な地質学用語が多く、化学者からはまったく相手にされませんでした。

ドイツのロタール・マイヤーは周期性に気づいていたようですが、周期表の発表はロシア人に先を越されてしまいました。そう、１８６９年、ロシア人化学者、ドミトリー・イワノビッチ・メンデレーエフが、元素を並べて法則性を明らかにした究極の地図である「周期表」を完成させたのです。

宇宙の万物の〝素〟をついに明らかにしたメンデレーエフとは、いったいどんな人物だったのでしょうか。

メンデレーエフは、１８３４年、シベリアのトボリスクという町で17人兄弟の末っ子として生まれました。洗礼を受けるまで育った兄弟は14人だったようですが……。中学校の校長をしていた父親が失明により失業したあと、苦しい家計を支えたのは母親でした。母親は小さなガラス工場を経営しながら、苦労して子どもたちを育てあげたのです。

●シャンクルトワ
１８２０〜１８８６。フランスの地質学者・鉱物学者。

●マイヤー
１８３０〜１８９５。ドイツの化学者・物理学者。１８６４年に28の元素を分類した表を作成している。

末っ子のメンデレーエフの才能を見抜いた母親は、彼に最高の教育を受けさせることにしました。そのときすでに火事でガラス工場を失っていましたから、最後の望みだったのでしょうね。15歳のメンデレーエフを連れて、2000キロも離れたモスクワに引っ越しました。

メンデレーエフはモスクワ大学には入れなかったものの、師範学校に入学します。余談ですが、メンデレーエフと時を同じくして、師範学校では、ある有名な女性科学者の父親が学んでいました。みなさん、おわかりでしょうか。そう、あのキュリー夫人の父親です。

メンデレーエフが無事に学校に入ったことで安心したのか、母親はその後急速に老け、最後の力と財産を使い果たして亡くなります。彼は母親の尽力《じんりょく》に報いようと、苦学の末、サンクトペテルブルクの大学で化学の教授になりました。

メンデレーエフは、母親の経営するガラス工場での経験と大学で学んだ化学の知識から、化学を生かして産業に貢献していこうと固く決意して学者人生を歩みはじめます。

メンデレーエフは幸運にも、ドイツ・ハイデルベルクへの留学が認められ、カールスルーエで開かれた化学に関する世界初の国際会議に出席するチャンスを得ました。そこで有名な学者たちに囲まれ、原子の結合のしかたや

●**師範学校**
いまの教育大学、教育学部に相当。

●**サンクトペテルブルク**
ロシア帝国の首都。のちに、ペトログラード、レニングラードと改称。

原子量などの新しい知見に触れて、「原子量が増えるに従って、繰り返し似た性質の元素が現れる」という大発見につながるインスピレーションを受けたのでしょう。

ただ、私生活のほうはメチャクチャだったようです。ドイツ滞在中に女優と恋仲になり、彼女にはずっとお金を送っていました。ロシアに帰国して6歳年上のフェオーズヴァと結婚しますが、結局、離婚。その直後、女子大生のアンナ・イワノーヴァと再婚することになるのですが、当時、ギリシャ正教会では離婚後7年間は再婚を禁止していました。

そこでメンデレーエフはどうしたかというと、ローマに駆け落ちして僧侶を買収し、結婚式を挙げたのだとか。さらに、ロシア皇帝にも事後承認のかたちで無理やり結婚を認めさせたというのですから、なかなかの豪傑だったんですね。

……おや、もうこんな時間ですか。では、この続きは次回。

講義を終え、学生たちからの質問に答えているうちに、外はすっかり暗くなっていた。

午後8時、指定の時刻にバーに出向いたレオに告げられたミッションのターゲットは、誰あろう、メンデレーエフその人であった。ルイ・ヴィトンの

《元素こぼれ話》

1955年、人工で原子番号101の元素が合成され、メンデレーエフの名を冠してメンデレビウム（Md）と名づけられた。モスクワにはメンデレーエフスカヤという名の地下鉄の駅がある。

カバンとともに渡されたキーは1869号室。

1869年3月、ロシア・サンクトペテルブルク。

レオは、ニコライ王朝の贅《ぜい》をつくした街並みを眺めながら、メンデレーエフの家に向かっていた。

途中、広場に人だかりができていた。鳴り響く銃声。警官隊が発砲したようだ。デモ隊が蹴散らされていく。「ヴ・ナロード」と叫んで撃たれる者、逃げまどう群衆、血まみれで取り残される人びと……。

「世界史の授業で習ったナロードニキだ！　僕はほんとうに歴史に立ち会っているんだ……」

まさにこのあとに起こるロシア革命の萌芽《ほうが》を目《ま》の当たりにし、レオは鳥肌が立つ思いだった。そのとき突然、近づいてきた数人の男たちに取り押さえられた。

「騒乱罪でおまえを逮捕する！」

レオはアレクサンドルII世の秘密警察によって、身柄を拘束されてしまった。必死の抵抗も虚しく、拘置所内の鉄格子のはまった独房に放り込まれた。

奥の部屋では拷問が行われているのだろう、悲鳴や絶叫が聞こえてくる。

●**1869年**
明治2年。東京へ遷都。版籍奉還。箱館戦争が終結。

●**ヴ・ナロード**
「人民の中へ！」という意味。ナロードニキ運動のスローガン。

●**ナロードニキ**
19世紀後半の帝政ロシアで、農民に入り込んで革命を起こそうとした知識階級。

「国家権力による弾圧か。これじゃあ、やがてボリシェビキが台頭してくるのも必然と言えるな……」

しばし感慨にふけるレオだったが、われに返って腕時計を確認すると、タイムリミットまであと6時間しかなかった。

――まずいな、ここにあるのは水の入ったバケツが1個だけ。カバンも取り上げられてしまったし……。今度ばかりは脱出できないかもしれない。最悪の場合、拷問を受けて死ぬことになるのか……。

どっと疲労感に襲われ、レオは冷たい独房の床に横になった。うとうとしかけたそのとき、誰かが鉄格子の向こう側に立っているのに気づいた。暗くて顔はよくわからないが、女性のようだ。

「ミスター鳴門、こんなところで時間を無駄にしてはいけません。あなたにはやるべきミッションがあるでしょう！　しっかりして！」

やはり女性の声だった。どこか聞き覚えがある気がする。

「なぜ僕の名前を知っているんですか？」

「いまは説明している時間はありません。ここから出たいんでしょう？　それなら、この2つのビンのどちらかを選んでください」

意味がよくわからないままに、液体の入ったビンが2つ差し出された。

「こっちはすごい臭いだ……この刺激臭は酢酸だな。するとこっちは？」

●ボリシェビキ
ナロードニキのあとに台頭した、のちのロシア共産党。多数派の意味。ロシア語のボリショイ（大きな）から。

●酢酸
ツーンとしたお酢の臭いの成分。鉄をすぐに溶かせない。

レオは木綿のシャツを引き裂いて地面に置き、中身のわからないほうのビンから1滴たらしてもらう。木綿のシャツは発熱して黒くなった。明らかに濃硫酸だ。濃硫酸の脱水作用によって、木綿（セルロース）が炭素になったのだ。

「ソムリエーヌ、こちらをいただこう」

レオは濃硫酸の入ったビンを選んだ。

「あとはあなたの努力と才能しだいです」

そう言うと、謎の女性は姿を消した。

レオはすぐに濃硫酸をバケツの水で少し薄めて希硫酸にすると、鉄格子の鍵の部分を溶かしはじめた。鉄は希硫酸や塩酸などの酸に溶けるのだ。

水素を発生しながらじわじわと鉄が溶かされ、やがて鍵のところが溶けた。

——いいぞ、鳴門レオ！　さあ、脱出だ！

レオは独房のある地下から駆け上がり、建物の裏口から表に出た。だが、レオの脱出に気づいた警官2人がすぐそこまで追いかけてきている。レオは迷わず、目の前の馬に飛び乗った。馬は、行き先がわかっているかのように走りはじめた。

30分ほど走っただろうか、農家の馬小屋まで来たところで馬は走るのをやめた。馬を下りたレオの前に、先ほどの女性らしい人物が近づいてきた。

●濃硫酸
98％の硫酸。水で薄めた希硫酸はかけるだけで鉄を溶かす。

●ソムリエーヌ
ソムリエの女性形。液体を〝テイスティング〟したことにかけて使っている。

レオは、驚きの声をあげた。

「量子《りょうこ》、量子じゃないか！」

その顔はまぎれもなく量子だった。

「無事、切り抜けましたね、ミスター鳴門」

「量子、いったいどうしたっていうんだ。ミスター鳴門なんて呼び方、君らしくないよ」

「残念ながら、私は量子じゃありません。くわしい話はあとです。まずはミッションをやり遂げて！」

動揺しながらも、レオは自分のやるべきことを思い出した。

「そうだ。メンデレーエフに会わなければ」

「カバンは私が取り戻しておきましたから、この馬でメンデレーエフの家まで行ってください。この道をまっすぐ行けばすぐですから」

メンデレーエフの家を訪ねたレオは、先生に教わったことのある学生だと名乗り、面会を求めた。

ほどなくして書斎に案内されると、長い髪に立派なひげを蓄えた学者然とした男が、大きな机の上に資料を並べて書き物をしていた。この人物こそ、「元素周期表」をつくって歴史に名を残した、ドミトリー・メンデレーエフ

《元素こぼれ話》

メンデレーエフの1歳年下に、彼の知人でもあった化学者、ボロディンがいる。ボロディンは生涯一流の化学者であったが、ムソグルスキーと知り合って作曲も始め、「だったん人の踊り」などの名曲を残した。有名指揮者のカルロス・クライバーも、チューリヒ工科大学で化学系を専攻していた。音符を紡ぐことと元素を紡ぐこと——音楽と化学は同じだと言えるかもしれない。

である。

「先生、その節はお世話になりました。といっても、先生の講義は大変人気がありましたし、私は目立つ学生ではありませんでしたので、覚えていらっしゃらないと思いますが……。先生のおかげで化学のおもしろさを知り、いまも勉強を続けております。突然、おうかがいしてご迷惑ではなかったでしょうか」

「いやいや、うれしいよ。じつはいま、『化学の原論』という教科書の執筆をしているんだが、64種類もある元素を別々に覚えるなんて苦痛だから、説明を明快にできないかと思ってね。ちょっと頭を悩ませていたところだ」

「メンデレーエフ先生、そもそもこの世界が元素という究極の単位の組み合わせでしかない、という発想は正しいのですか？」

「うむ、世の中は複雑に見えるが、もとをたどっていくとシンプルなものの組み合わせなのだ」

「そのシンプルな基本ユニットの元素にも、さらに法則性が隠されているのではないでしょうか？」

「それはいい発想じゃ。ナトリウム、カリウム、ルビジウム、セシウムか……。ベリリウム、マグネシウム、亜鉛、カドミウム……」

「先生、こうしたらどうでしょう？」

●ルビジウム（Rb）
原子番号37。宝石のルビーと同じ語源で、ラテン語のrubidus（「赤い」）に由来する。テレビのブラウン管などに利用されている。

●セシウム（Cs）
原子番号55。光が当たると電子を出しやすいので、光を電気信号に変える光電管に使われる。初期の夜間暗視装置（ノクトビジョン）に利用された。

●ベリリウム（Be）
原子番号4。名前はベリル（緑柱石）から来ている。宝石のエメラルドの成分。宇宙望遠鏡からスピーカー、中性子線源、合金などに利用されている。

レオは机の片隅に放り投げられていた古い名刺の裏に、元素名と原子量、性質を書き、それをピンで壁にとめた。

「カードに書いて、ピンで壁にとめていきましょう。何か法則性がつかめるかもしれません」

「おお、それは名案じゃな。カードで並べるのか。若いのになかなか聡明《そうめい》だねえ、君は」

メンデレーエフは古びた名刺をかき集め、その裏に元素名と原子量、性質を書き込んでいった。

「アルカリ金属、リチウム、ナトリウム、カリウムか。カルシウムは別にバリウムと一緒じゃな。これはおもしろい」

書き上がったカードを、レオがすかさず壁に貼る。

「なんと！　原子量が増えていくと、似た性質が次々と現れるじゃないか」

「音楽のドレミファソラシドレミ、ＣＤＥＦＧ《ツェーデーエーエフゲー》……に似ていますね」

「ナトリウム、カリウム、セシウム、ルビジウムは、空気中の酸素によってすぐに酸化されるし、水と反応して水がアルカリ性になる。アルカリ金属のグループだな。カルシウム、ストロンチウム、バリウムも性質が似ておる。似たものを水平に並べよう」

レオは、渡されたカードを現代の周期表の順に並べたくなるのを我慢した。

●**バリウム(Ba)**
原子番号56。バリトン、バロメーター（圧力計）と同じ語源であるギリシャ語のbarys（「重い」）に由来する。胃のX線撮影で飲むのは硫酸バリウム。金属のバリウムを飲んだら、水と激しく反応して発火してしまう。

●**ストロンチウム(Sr)**
原子番号38。

「フッ素、塩素、臭素、ヨウ素、これらはアルカリ金属と1対1の化合物をつくるし、色がついているところも似ておるな。原子量が大きい順に並べていくと、いろんなことがわかってくるじゃないか！」

「先生、おそらくこれから、もっとたくさんの元素が発見されると思いますから、原子量で中間的な値が抜けているグループは、そこを空欄にして性質を予言しておいてはどうでしょう」

「予言か、なかなかおもしろい。いいことを言うじゃないか……」

ニヤニヤしながら、メンデレーエフはしばらくメモ書きを続けた。

「さあて、このピン止めを拡張して、原子価も考えに入れて清書してみるか。待てよ、今日はハダネスさんからチーズ工場の視察を頼まれていたんだ。もうこんな時間か！　いかん、すっかり忘れていた。君、誠に申しわけないが……あれ⁉」

すでにレオの姿はなかった。メンデレーエフの家を出たレオは、わき目もふらず走った。タイムリミットまであと1時間。

――今回のピン止め作業だけではまだ不安だ。あれで周期表完成まで持っていけるだろうか？　メンデレーエフにもう一度会いたいが、時間がない。なんとか方法はないだろうか。そうだ、ひょっとして彼女なら……。

レオの脳裏に、量子そっくりの女の顔が浮かんだ。

《元素こぼれ話》
メンデレーエフの発見した周期表が、さらに未知元素が発見されて現代の周期表となり、宇宙の万物を構成するパレットが完成した。このパレットからいろいろな元素を組み合わせ、絵の具のように彩って新しいものをつくりだすのが化学である。

第９話　元素にひそむルール

レオはとにかく、未来へタイムスリップするための場所にもどることにした。今回はサンクトペテルブルクのホテルの一室だ。

ホテルに着いて部屋のドアを開けると……。

「私をお探しですか？」

あの女性が椅子に座っていた。

「量子……」

「先ほども言いましたが、私は量子じゃありません。ヘルメスと言います」

「……ヘルメスさん、じつはお願いがあるんだ。もう一度、メンデレーエフ先生に会いたい。先生に十分なインスピレーションを与えられなかったんだ。ただ、僕にはもう時間がない。なんとかならないだろうか」

「時空の波には、鉄道やバスと一緒で決まった時間があります。いま遅れたら、もうもどれなくなりますよ。でも……」

「でも？　何か方法があるの？」

「今回は特別に、裏ワザを使いましょう。周期表が完成しなかったら大変なことになるもの。少しあとの時間にもどれば大丈夫でしょう」

「よかった！　さっきの時間より、もうちょっとあとのほうがいいんだ」

ヘルメスが自分の腕時計の針を動かしはじめた。２本の腕時計をしている。

《元素こぼれ話》

元素の発見に大きく貢献した科学技術は2つある。１つは電気分解で、１８０７年にイギリスのデイビーがナトリウムとカリウムを当時最先端の電気分解で発見した。

電気分解は、電気を流すことでイオンに電子をくっつけたり、はがしたりして、元素を取り出すことができる。この電気分解により、多くの元素が新たに取り出された。

もう１つは、「分光器」という、元素ごとの指紋のような発光スペクトルを観測する装置で、新しい元素の発見に威力を発揮した。この２つの技術により、19世紀だけで約50種の元素が発見された。

「僕がシガーマンから渡された腕時計とはまったく違うな。それは……」

「こちらがブレゲ、こちらはロレックスです。時空の４次元トゥールビヨンを見たことは？」

レオは、ヘルメスの腕につけられた腕時計をまじまじと見る。この小さなボディに21世紀では考えられないテクノロジーが詰まっているのだろう。

ヘルメスは時計をはずし、レオに手渡した。

「ブレゲの０３２年製？　西暦も変わっているのか。そんなに未来から……」

「私が知っている世界では、ＡＤとか西暦なんてとっくにありません。さあ、これであなたの時計の表示が変わり、もう一度、メンデレーエフに会えます。でも、１時間くらいしかないので、くれぐれも気をつけて」

レオはベッドに横になった。


目覚めると、たしかに季節が変わっていた。さっそくメンデレーエフの家へ向かう。

メンデレーエフは書斎で周期表の作成に取り組んでいた。

「おお、君か、久しぶりじゃな！　あれからだいぶ進んだよ。だが、これを見てくれ。ケイ素と並んでもいいはずの、ケイ素のとなりの元素がない。原子量がケイ素とスズのあいだで大きく飛んでしまうんだ。あいだが不自然に

●ブレゲ
天才時計師、ルイ・ブレゲが１７７５年に創業した名門腕時計メーカー。トゥールビヨン（渦巻き）は重力の影響を補正する装置。

空いておる」

「先生、そこはゲルマ……」

レオは「ゲルマニウム」と言いそうになってあわてた。ゲルマニウムが発見されるのは1885年のことである。

「中間に、まだ発見されていない元素があるんじゃないですか?」

「なるほど、それは大胆な発想だ。何か名前だけつけておきたいところだが」

「〝モノ〟とか〝ウン〟とか、ラテン語やギリシャ語は使われすぎたきらいがあります。サンスクリット語のエカ〝1〟をつけて、エカケイ素なんていうのはどうでしょう?　ケイ素の兄弟にあたる1番目ということで」

「なかなかいいネーミングだね、気に入ったよ。ラテン語は昔から嫌いでね。ギムナジウムを卒業したとき、友人とラテン語の教科書を焼いて呪ってやったもんだ!　うちの母親がモスクワ大学に懇願して私を入れようとしたときも、ラテン語ができなかったから相手にされなかったよ。そうそう、医学校では、解剖の授業で失神してね。すぐにやめちまった」

メンデレーエフは昔のことを思い出して饒舌だった。

「おっと、よけいなおしゃべりをしてしまった。アルミニウムと同じグループで、次にくるべき弟分の元素もない。元素は、じつは100個以上あるような気がしてならんのだが」

●ゲルマニウム(Ge)
原子番号32。初期の半導体の材料として、鉱石ラジオなどに用いられた。赤外線用レンズや光ファイバーなどに利用されている。

●ギムナジウム
日本の中学校に相当。

「21世紀には、人工のものも入れて110種類くらいになっています」

レオはそう言いたい気持ちをぐっと我慢した。

メンデレーエフはご満悦の体《てい》でカードを眺めたあと、あらためて1枚の紙に元素を並べて書きはじめた。

「未知の元素は空欄にしておこう。エカケイ素とか、未来への課題じゃな。じつにすばらしいもんだ、元素の世界、この宇宙は。君もそう思うだろう?」

メンデレーエフが振り返ったときには、もうレオの姿はなかった。

「いやはや、忙しい青年だ……」


原子の構造などまったくわかっていなかった当時、メンデレーエフの「周期表」は一笑に付された。さらに、「ただの迷信」「ただのこじつけ」だとして、一流の化学者、ブンゼンたちですら〝まやかしもの〟と見なしていた。

しかし、この「周期表」の偉大性を世界じゅうに知らせることになる事件が勃発《ぼっぱつ》する。それは、メンデレーエフが仮の名を「エカアルミニウム」として性質を予言したガリウムに関するものだった。

1875年、フランスの化学者、ルコック・ド・ボアボードランがガリウムを発見した。そのとき、ボアボードランが発表したデータでは密度は4・7となっていたが、メンデレーエフの予言では、ガリウムとなるその新元素

●ブンゼン
1811〜1899。ドイツの化学者。分光器を実用化し、元素の特定が簡単にできるようにした。セシウムとルビジウムを発見。

●ガリウム(Ga)
原子番号31。ガリウムとヒ素からなる半導体は、クリスマスのイルミネーションなどの青色の発光ダイオードに使われる。ラテン語でフランスを意味する「ガリア」から。

（エカアルミニウム）の密度は5・94であった。

その後、さらなる実験によって、正確な密度は5・96であることが明らかになり、メンデレーエフの予言が正しかったことが証明された。世界じゅうの化学者が、この「周期表」の持つ威力を目の当たりにしたのである。メンデレーエフは、ついに元素に法則性があることを知らしめたのだった。

メンデレーエフは、「周期表」以外にも精力的に活動した。とくに、アメリカのペンシルバニア油田、黒海のバクー油田の調査などは、彼の大きな業績と言える。

メンデレーエフは帝政ロシアの皇帝《ツァーリ》独裁に反対する学生に同情的だったため、反体制的と見なされて皇帝政府の主催するロシア科学アカデミーには入れなかった。1890年には、学生たちの嘆願書を文部大臣にとりついだことがもとで、30年間勤めた大学の教員も56歳でクビになった。

タイムスリップを終えたレオは、大急ぎで着替えをすませると、シガーマンの待つバーに向かった。椅子に座るのももどかしく、シガーマンに疑問をぶつけた。

「いったい、あのヘルメスという女性は何者なんですか⁉　量子にそっくり

●メンデレーエフの功績
メンデレーエフは女性の地位向上にも力を尽くし、女子学生に講義を聴講させたり、女性職員の採用などを積極的に行ったことでも知られている。

だったんですよ！」

「ミスター鳴門、落ち着きたまえ。さすがに今回は予想外の展開だったので、ああするよりなかったんだ」

「たしかに、秘密警察に捕まったのは僕の落ち度ですが……」

「彼女に会いたいかね？」

シガーマンがインカムのようなものに話しかけると、すぐに1人の女性が登場した。

「あらためて紹介しよう。君のミッションの遂行をサポートしている、エージェントのヘルメスだ」

「はじめまして、ではないけど、よろしくお願いします」

「まさか、君は……。量子のクローンなのか？」

「いいえ。いまは眠っている恋人へのあなたの強い想いが具現化したんです。あなたの願望が現実になった、と思ってください」

――まるで「惑星ソラリス」じゃないか。たしかに、量子とヘルメスは顔や声はそっくりだが、どことなく雰囲気が違っている。

シガーマンが言った。

「彼女にはもっと驚くべき能力がある」

「どんな能力ですか？」

●**クローン**
分子、ＤＮＡなどのコピー。もとはklon（挿し木）というギリシャ語。

●**惑星ソラリス**
アンドレイ・タルコフスキー監督の有名ＳＦ映画。１９７２年公開。

「元素リコンビナントよ」

「ミスター鳴門はわれわれの仲間だ。特別に見せてあげようじゃないか」

シガーマンが目で合図すると、ヘルメスは手を差し出し、小さい声で何かを唱えた。手には数枚、元素のタロットカードが握られている。

「元素のタロット？」

テーブルに置かれた白紙のメモ帳が、光とともに一瞬で消え、光がさらに集まったとたん、テーブルの上には10本の葉巻が現れた。

「こ、これは……！　メモ帳の炭素や水素を元素ごとに分解して、再び並び替えて葉巻にしたということですか？」

「お気に召《め》したかね。元素を組み換えて別の物質にするなんて、究極のケミストリーだろう。まさに君たち化学者の夢じゃないか……」

「21世紀の化学でも、そんな魔法はとうていできません……」

「20世紀には、石油から得られるエチレンやベンゼンなど、ほんの数種類の原料から何万種類もの薬やインク、香料、染料、液晶、繊維、プラスチックをつくりだしているじゃないか。石油化学工業やコンビナートこそ、大がかりな元素リコンビナントだろう」

「それは、触媒とか装置の膨大な工夫のうえに成り立っているのであって、こんなに簡単に元素を組み換えることができたら……」

●リコンビナント
組み換え。

●タロットカード
トランプのような絵柄のついたカードで占いなどに使う。錬金術から生まれた。

「量子《クォンタム》のゼロポイント・フィールドにアクセスできれば、これくらい簡単です。レゴブロックを分解して、別のものを組み立てるのとまったく同じ。そうやって宇宙の物質すべてができているんですもの。ただ、私の能力では、同じ元素の組み合わせで等しい質量のものにしか変えられないんですけどね」

ヘルメスはそう言って微笑んだ。シガーマンはできたての葉巻を手にとり、満足げに火をつけた。

「タバコの葉の香りの分子まで、すべての分子が再現されている。この葉巻はコイーバそのものだよ」

1907年1月、ロシア。

レオは再び、メンデレーエフのもとを訪ねた。前年にノーベル化学賞候補にあがったメンデレーエフだったが、結局、1票差でフランスのモアッサンに敗れた。その落胆に追い討ちをかけるように、メンデレーエフは肺炎にかかり病床に伏していたのである。

「先生が完成された周期表、ここに世界のすべてがあるのです……」

ベッドの横に立ち、レオが声をかけると、メンデレーエフは目を開けた。

「おお、君はあのときの青年だね」

●ゼロポイント・フィールド
量子力学に出てくる零点エネルギーを拡大解釈した造語。

●コイーバ
キューバ産の最高級葉巻。

「先生に覚えていただいて、光栄です」

「忘れるものかね。周期表が完成したのは君のおかげだ。あれからいろいろと考えて、夢に見たんだよ、君を……」

少し間が空いて、またメンデレーエフは口を開いた。

「君はいまの時代の人間ではないな。未来から来た……なぜかそんな気がしてならないのだ。私はもう長くない。人生の最期に聞かせてくれないか。私の考案した周期表は、将来、どんなふうになっているのか」

「あとに続く研究者によって、より完成されたかたちになっています。これが、100年後の周期表です。元素は110種類以上になっています」

レオは携帯デバイスのモニターに映し出された周期表を見せた。

「エカケイ素は……Ge、ゲルマニウムか。じゃあ、エカホウ素は？」

「先生の周期表とは並べ方が違っていまして、エカホウ素にあたるものはこちらです」

「スカンジウム……。私の予想した原子量もほぼ合っていたのか！　で、このランタノイドとアクチノイドというのは何だね？　変なところにたくさん詰まっておるが……」

「まったく同じ化学的性質のものがたくさんあるので、本来なら重ねて書きたいところを横に並べているのです」

●スカンジウム(Sc)
原子番号21。メンデレーエフが予言した元素で、野球場や競技場に設置されている大きな照明などに利用されている。

●ランタノイド
原子番号57～71。ランタン（La）からルテチウム（Lu）までの、似た元素のグループ。

●アクチノイド
原子番号89～103。アクチニウム（Ac）からローレンシウム（Lr）までの似た元素のグループ。

「そうか。……それにしても、なぜこんなに元素があるのかね」

「宇宙が137億年前にビッグバンという爆発で誕生し、高密度のエネルギーから素粒子ができて原子が生まれ、超新星爆発を繰り返してさまざまな元素が生み出されつづけたのです。そして、93番以降は人工の元素です」

「人工で元素がつくれる時代が来るとはな……」

　メンデレーエフは満足げに微笑んだ。

「100年後にはさまざまな元素が利用できるようになりました。いまお見せしているこれも、その成果です」

「私の知識じゃもうわからんよ、そんな薄い石版のモノリスの絵が光っているなんて。ところで、もう1つ教えてくれ。この先のロシアはどうなるのかね？　この混乱から新時代が来るのだろうか」

「先生の愛した学生たちが社会の大黒柱になるころ、ロシアでは革命が起きて皇帝は処刑され、ソビエト社会主義共和国連邦になります。そしてソビエトが、やがて人類初の有人の宇宙旅行を成し遂げるのです」

「なんと……。ロシア人は宇宙にまで行くのか」

「後世では、偉大なロシア人として、世界ではじめて宇宙旅行を提唱したツィオルコフスキー、そしてメンデレーエフ先生、あなたが語り継がれています。お母さまが、先生に教育を受けさせるために奔走《ほんそう》されたことも有名です」

●ツィオルコフスキー
1857〜1935。難聴のロシア人科学者。20世紀のはじめ、ロケットや人工衛星、有人宇宙旅行を提唱した。スプートニク1号（世界初の人工衛星）は彼の生誕100周年を記念して打ち上げられた。

メンデレーエフはうれしそうだった。遠い目をして、こう言った。

「〝幻想をひかえ、言葉ではなく、仕事で主張しなさい。神の御心《みこころ》と科学の真理を辛抱強く求めなさい〟。これが母親の口癖だった。科学の助けを得て、暴力でなく愛によってすべての迷信、不安、過ちを取り除けるだろうという私の信念は、母親から受け継いだものなのだよ。……それはそうと、君の名前をまだ聞いていなかったが」

「鳴門レオと言います。100年後の日本で大学の教授をしております」

「いい名前ですな。これで心置きなく天に昇っていけますよ。ありがとう。ミスター鳴門、100年後の若者たちにも、化学で夢を与えてほしい」

メンデレーエフはレオと固い握手を交わすと、安心したかのように目を閉じた。


1907年2月2日。国王ニコライII世により、メンデレーエフの盛大な国葬が行われた。

墓地に向かう隊列の先頭では、大学生2人が、メンデレーエフの考案した手書きの「周期表」を掲げていた。はるかエジプト文明のころの錬金術から続いた、周期表のない古い化学の葬儀でもあったと言えるだろう。

《元素こぼれ話》
メンデレーエフの周期表が発表されたあと、彼が予言的に空欄にしていた元素が次々と見つかり、周期表の裏にひそむルールの発見競争が繰り広げられた。
モーズリーは、原子から出るX線を研究し、原子核の⊕電気の数（＝陽子の数）が原子番号できれいに並ぶことを発見した。しかし、モーズリーは、第1次世界大戦のさなか、海軍大臣チャーチルの指揮するトルコのガリポリ上陸作戦で狙撃され、27歳でこの世を去った。

第９話　元素にひそむルール

9	10	11	12	13	14	15	16	17	18
									2He 4.003 ヘリウム
				5B 10.81 ホウ素	6C 12.01 炭素	7N 14.01 窒素	8O 16.00 酸素	9F 19.00 フッ素	10Ne 20.18 ネオン
				13Al 26.98 アルミニウム	14Si 28.09 ケイ素	15P 30.97 リン	16S 32.07 硫黄	17Cl 35.45 塩素	18Ar 39.95 アルゴン
27Co 58.93 コバルト	28Ni 58.69 ニッケル	29Cu 63.55 銅	30Zn 65.41 亜鉛	31Ga 69.72 ガリウム	32Ge 72.64 ゲルマニウム	33As 74.92 ヒ素	34Se 78.96 セレン	35Br 79.90 臭素	36Kr 83.80 クリプトン
45Rh 102.9 ロジウム	46Pd 106.4 パラジウム	47Ag 107.9 銀	48Cd 112.4 カドミウム	49In 114.8 インジウム	50Sn 118.7 スズ	51Sb 121.8 アンチモン	52Te 127.6 テルル	53I 126.9 ヨウ素	54Xe 131.3 キセノン
77Ir 192.2 イリジウム	78Pt 195.1 白金	79Au 197.0 金	80Hg 200.6 水銀	81Tl 204.4 タリウム	82Pb 207.2 鉛	83Bi 209.0 ビスマス	84Po (210) ポロニウム	85At (210) アスタチン	86Rn (222) ラドン
109Mt (276) マイトネリウム	110Ds (281) ダームスタチウム	111Rg (280) レントゲニウム	112Cn (285) コペルニシウム	113Uut (278) ウンウントリウム					

●周期表

たくさんの元素が見つかってくるなかで、元素についての共通性が19世紀中頃から知られるようになった。

シャンクルトワやニューランズといった科学者たちが、元素を並べると繰り返し似た性質（周期律という）が現れることに気づいていたが、メンデレーエフは原子量で並べていくいっぽう、化合物の化学式のつくり方にも注目し、元素の原子の手の数のようなものを意識したため、非常にシステム的に並べることに成功した。

その後、この周期律はどこから来るのかが物理学者の関心を集め、まずイギリスの20代の若い科学者、ヘンリー・モーズリーによって、原子核にある⊕電気の量の順（原子番号順）に並べていくと、完全な周期性が現れることが明らかになった。

このあと、原子核を構成する陽子や中性子といった原子を構成する素の粒子、すなわ

周期＼族	1	2	3	4	5	6	7	8
1	1 H 1.008 水素							
2	3 Li 6.941 リチウム	4 Be 9.012 ベリリウム						
3	11 Na 22.99 ナトリウム	12 Mg 24.31 マグネシウム						
4	19 K 39.10 カリウム	20 Ca 40.08 カルシウム	21 Sc 44.96 スカンジウム	22 Ti 47.87 チタン	23 V 50.94 バナジウム	24 Cr 52.00 クロム	25 Mn 54.94 マンガン	26 Fe 55.85 鉄
5	37 Rb 85.47 ルビジウム	38 Sr 87.62 ストロンチウム	39 Y 88.91 イットリウム	40 Zr 91.22 ジルコニウム	41 Nb 92.91 ニオブ	42 Mo 95.94 モリブデン	43 Tc (99) テクネチウム	44 Ru 101.1 ルテニウム
6	55 Cs 132.9 セシウム	56 Ba 137.3 バリウム	57～71 ランタノイド	72 Hf 178.5 ハフニウム	73 Ta 180.9 タンタル	74 W 183.8 タングステン	75 Re 186.2 レニウム	76 Os 190.2 オスミウム
7	87 Fr (223) フランシウム	88 Ra (226) ラジウム	89～103 アクチノイド	104 Rf (261) ラザホージウム	105 Db (262) ドブニウム	106 Sg (263) シーボーギウム	107 Bh (272) ボーリウム	108 Hs (277) ハッシウム

□ 非金属の典型元素

□ 金属の遷移元素

□ 金属の典型元素

注）周期表の原子量は、「一家に１枚周期表 第６版」（文部科学省）に拠る。

ち素粒子が発見され、原子の構造がだんだんと明らかになってきた。

現在の「周期表」は、上のようになっている。ここに、宇宙、この世界のすべてがある。みなさんはいま、この本の周期表を手にして、宇宙を手に入れたと言えるのである。

第10話 放射性元素の発見

大学での講義を終え、鳴門レオは量子《りょうこ》が入院する病院へと向かった。主治医の太田らが懸命の治療を続けていたが、いまだ意識が回復する兆《きざ》しは見られなかった。

「量子、僕はあのメンデレーエフ先生から、若者たちに化学で夢を与えてほしい、そう言われたんだ。すごいだろう。先生の期待を裏切らないように、もっともっとがんばらなくちゃいけないね」

レオは、量子の手をやさしく握りながら語りつづけた。

「でも、びっくりしたよ。君にそっくりな女性がいるなんてね。ヘルメスさんっていうんだけど、顔も声も、ほんとうによく似てて……。まあ、ちょっと君より気が強そうな感じかな」

気のせいか、量子の顔にほんの少し笑みが浮かんだように見えた。

レオが自宅にもどると、それを待っていたかのようにシガーマンからの連

《元素こぼれ話》

自然界にも、たくさんの放射性同位体がある。こうした放射線をバックグラウンド放射といい、長い歴史のなかで、人類はバックグラウンド放射に適応するように進化してきた。つまり、もともと私たちは放射線に被曝していると言える。このバックグラウンド放射には、宇宙から届く宇宙線により生じるもの、地中から生じているラドン、核実験により大気に飛散した放射能などがある。ちなみに、1秒間に1個の放射性元素の崩壊が起こることを「1ベクレル」という単位で表す。

絡が入った。

「明日の夜8時、バー・クロノスで会いたい。なお、今回のミッションはかなり重要なものになる。いつも以上に気を引き締めてかかってもらいたい」

――いったいどんなミッションなんだ……？

レオは携帯デバイスの画面をしばらく眺めていた。

翌日、約束より早めにバーに着いたレオだったが、シガーマンはすでにいつもの席に座って悠然と葉巻をくゆらせていた。

「さっそく本題に入ろう。今回の君のミッションは、放射線の発見と放射性元素の発見をカバーすることだ」

「……キュリー夫妻ですか？」

「まずは、その引き金になった紳士のエスコートから始めてもらう」

「……と言いますと、アンリ・ベクレル博士ですね」

「ご名答だ、ミスター鳴門。ベクレルについてどんなことを知っているかね」

「レントゲン博士のX線の実験結果からヒントを得て、ある種のウランのような元素から自発的にエネルギー、放射線が出ていること、つまり放射能を発見した人物です。〝放射能〟と名づけたのは、キュリー夫人ですが……。彼は、曇り空のおかげで、意図した実験ができなかったために発見することに

《元素こぼれ話》

放射線＝悪と結びつけがちだが、ガンの治療や病気の診断など、非常に役立つ道具でもある。ガン治療には、化学療法と放射線療法があるが、化学療法の場合、正常な細胞の増殖も阻害するため、貧血など深刻な副作用が起こる。

いっぽうの放射線療法には、2つの方法がある。一般的な、体の外側から放射線を当てる治療は、ガン細胞の手前にある正常な細胞にまでダメージを与え、副作用も大きくなる。

こうした欠点を克服したのが、放射線治療の最新兵器「リニアック」である。体の周囲360度全方向から、ガン細胞に向けてピンポイントに放射線を少しずつ照射していく。こうすることで周りのダメージは少なくなるが、小さいガン細胞を全方位から精密に狙撃するため高度な装置が必要になり、現在では、まだ1台数億円はする。

なったのです」

「まさにセレンディピティの王道だ」

「……僕がベクレル先生をその発見に導く、ということですね」

レオの表情が曇った。

「そういうことだ。どうした、何かまずいことでも？」

「やはり、放射線が気になるんです」

「放射線の害、ということかね」

「当時は、放射線が皮膚や人体にとって危険なものだという認識がありませんでした。たしかベクレル先生自身も、放射性元素の入ったサンプルのビンをポケットに入れっぱなしにしていて、そのサンプルと同じ形のヤケドを負っています。だから今回、無造作に置かれた放射性元素で被曝する可能性が高いと思うんです」

「たしかに、君が不安になるのも無理はない」

シガーマンは携帯デバイスを取り出し、ホログラフィの動画で1人の男が論文を発表している映像を見せた。見入るレオにシガーマンが語りかけた。

「かつて、放射線の害を研究しつづけた人間がいた」

「シーベルトさんですか」

「そうだ。通信事業で大成功を収めた父親の遺産を手にして、17歳で会社を

●シーベルト
1896〜1966。スウェーデンの物理学者。父親がスウェーデンで電気通信事業を始め、巨万の富を築いた。アンリ・ベクレルが放射線を発見した年に生まれている。単位のシーベルト（Sv）は、1979年から放射線の被曝量の単位として採用された。

引き継いだ。だが、ビジネスの才能がないことがわかってすぐに引退し、その後は莫大な遺産をもとに放射線の害について自費で研究を続けたのだ。放射線を扱う医療関係者や技術者をいかに放射線から守るか、これが彼のライフワークだった。1920年代、放射線が危険なものだと人びとがようやく認識しはじめた頃から、彼は放射線防護のさきがけの研究をしてきた。彼が生きた時代は、放射線が医療から産業へ広がり、さらに原子爆弾、核実験、原子力発電所など、まさに放射線の時代だった。人間が浴びる放射線が増加していくことを危惧し、膨大なデータ集めに奔走したのだ」

「親の遺産で研究に打ち込めたうえ、単位にまで名前が残ったのですから、研究者冥利《みょうり》につきますね。それにしても、当時の電話のような通信ビジネスから、いきなり、まったく方向の違う放射線の研究者に転身するとは……。もしやシーベルトさんにもきっかけを与えた人物がいるんですか？」

「なかなか鋭いな。彼の口癖は、『放射線には敬意を払いなさい』だったそうだ。目に見えないからこそ、慎重に防護しなくてはならないことを熟知していたんだ」

「放射線には敬意を払いなさい、ですか。名言ですね」

「物質の世界の原子や分子が見えないのと同様、ほんとうに大事なものは目に見えないのだよ。見えないものを見ようとするのが真の知性ではないだろ

《元素こぼれ話》

有名な放射能のマークは、中央の放射性物質からα線、β線、γ線の3つの放射線が出ているイメージを表したもの。

放射性元素は、それぞれ元素ごとに、この3つの放射線のうち、どれを出して壊れていくかが決まっている。たとえば、家庭やビルの煙探知機には、アメリシウム（原子番号95）という放射性同位体が入っており、アメリシウムはα線を出して壊れる。ここから常に出ているα線が、煙によって遮られると、電流の値が変化して煙を感知するようになっている。

うか」

「シーベルトさんは偉大な知を追求した人と言えますね」

「そういうことだ。こちらとしても、その教訓から万全の対策を考えている。放射線を防ぐスキンクリームに鉛の下着、錠剤のヨウ化カリウム、グルタチオン、メタロチオネイン誘導剤を用意してある」

「そうですか。それだけそろっていれば、とりあえずは……」

「ミスター鳴門、君なら心配はないと信じている。とはいえ、危険なミッションであることは否定しない。くれぐれも細心の注意を払って行動してくれたまえ。では、これを」

シガーマンから手渡されたのは、いつものカバンと1896号室のキーだった。

●グルタチオン
●メタロチオネイン
どちらも生体が持つ解毒剤。チオはギリシャ語で「硫黄」の意。生体中の水分子に放射線が当たると、ヒドロキシラジカルという反応性が高い物質ができて細胞にダメージを与えるが、グルタチオンなど硫黄が含まれた分子は、ヒドロキシラジカルを無害な水にしてくれる。


1896年3月。フランス・パリ郊外。

レオがエコール・ポリテクニークの研究室を訪ね、曇天《どんてん》に肩を落とすベクレルに、「晴れ間が出るまで、写真乾板とウラニウム塩の塊を引き出しにしまっておきましょう」とすすめてから、5日が過ぎていた。

――そろそろだな。科学アカデミーの定例会も明日に迫って、ベクレル先生もあせっているに違いない。

レオは再び、ベクレルの研究室を訪れた。

「おお、君かね。困ったよ。明日が科学アカデミーの定例会だというのに、曇り続きでいまだに実験ができんのだ」

「そうなんです。私もあれから気が気ではありませんでした。ベクレル先生、どうでしょう。いっそのこと太陽光線を使った実験は後まわしにして、とりあえず引き出しに入れておいた写真乾板を現像してみませんか」

「何を言ってるんだね、君は。ウラニウムの石に太陽光による刺激を当ててないんだから、そんなことをしても何の意味もないじゃないか」

「先生のおっしゃることはよくわかります。でも、もしも、もしもですよ、ウラニウムが勝手に謎の光線、謎のエネルギーを出していたら、どうなりますか？」

「それは……暗い引き出しのなかでも、写真にウラニウムの石が写っているはずだが」

「そうなりますね？　では、乾板の封を開けてみましょう」

「そんなバカな話があるものか。石からひとりでにエネルギーとか、光線なんかが出てくるわけがないだろう。太陽光で刺激を当ててからだったら話は別だが……」

「先生、お願いします。ここはひとつ騙《だま》されたと思って、引き出しのなかの写真乾板を現像してみてください」

　レオは引き下がらない。ベクレルも反論した。

「たしか、君は雑誌の記者だと言ったね？　それなら科学を多少は知っているはずだ。黒い包装紙に包んだ写真乾板が、光も当たってないのに感光するわけがないだろう」

「そこなんですよ、奇跡が起こる可能性は！　ぐずぐずしていると、ニエプス・ド・サンヴィクトルに先を越されてしまうかもしれませんよ」

「誰だね、その人は。科学者かね？」

「ヨウ化銀と卵白とデンプンを用いて、写真乳剤をつくった人です。まさに写真乾板の生みの親です。彼の話だと、ウラニウム塩のせいで乳剤が曇ったことがあった、つまり感光したということです。ここでも同じことが起きているかもしれません。現像しましょう！　もし、失敗してもご心配なく。お土産代わりに新品の乾板を1個置いていきますから」

「君がそこまで言うなら、騙されたと思って現像してみるか」

　そう言うと、ベクレルは暗室に入っていった。

　どれくらい時間がたったろうか、興奮したベクレルが姿を現した。

「すごい、すごいぞ！　レントゲン博士なみの発見だ！　ウラニウムの石の

●ニエプス・ド・サンヴィクトル
　写真の父ニエプスの甥っ子。

●写真乳剤
　臭化銀など光と反応する微粒子をゼラチンのなかに散らばしたもので、昔の写真のフィルムに相当する。1871年、イギリスのマドックスがこれをガラス板に塗って写真乾板を発明した。

第10話　放射性元素の発見

像が写っている！　ウラニウムは、暗がりでも自発的にエネルギーを出しているんだ！　装置も何もなくても、ひとりでに。これは歴史を変える発見になる！」

「やりましたね、先生！　X線とはまったく違う、新しい光です！　しかも包んだ紙を通過して感光させたのですから。そうだ、光線の名前は先生のお名前をとって、ベクレル線としてはいかがですか」

「君のおかげだよ」

ベクレルは小躍《こおど》りしながら、さっそく追加実験の準備を始めた。

「しかし、物質がひとりでにエネルギーを出すなんて、エネルギー保存の法則にあてはまらないじゃないか！　しかも、密封したなかの写真乾板まで届くとは。うーむ、疑問だらけだ。これはとても私1人では手に負えん」

レオはさりげなくアドバイスする。

「先生、新進気鋭のキュリー夫妻に打ち明けたらどうでしょうか」

「おお、君もピエールとその奥さんを知っているのかね？」

「もちろんですとも！」

「たしかに、あの負けん気の強い奥さんの博士論文に向いているかもしれんな。おっと、私もいまのうちに報告書を書いておかなければ……」

ベクレルは椅子に座り、報告書を書きはじめた。しばらく作業に没頭して

●エネルギー保存の法則
エネルギーは、光や熱、電気のように形態が変わっても、勝手に生じたり滅びたりしないという大原則。

いたが、一段落したところでふと顔を上げると、〝雑誌記者の男〟の姿が消えていた。

「そういえば、彼の名前も聞いていなかったな……。まあ、また来るだろう。それにしてもいやはや、この石のサンプルはまさに神の火だ」

ベクレルは机の上にあるウラニウムの結晶を手にとると、満足げにつぶやいた。この冷たい石に、都市を壊滅させるほどのパワーがあることなど知る由もなく……。

ベクレル線（のちに放射線と名づけられた）の発見によって、アンリ・ベクレルは1903年、キュリー夫妻とともに第3回ノーベル物理学賞を受賞する。人類は新しいエネルギーを手に入れたのだ。

1908年、ベクレルはブルターニュ半島で、55歳の若さでその生涯を閉じた。放射線による障害が原因だと伝えられている。

「お帰り、ミスター鳴門。上出来だ」

「ありがとうございます」

レオがシガーマンの向かいの席に腰を下ろすと、ウェイターが2つのグラ

《元素こぼれ話》

人工の放射性元素のテクネチウム99m（^{99m}Tc）は、透過力の大きな放射線（ガンマ線）を少しずつ出しながら壊れていくので、これを体外でキャッチして撮影すると、レーダーのように体内で追跡することができる。

さらに、テクネチウム99mの原子をさまざまな分子でパッケージすると、骨のガン細胞や臓器別のガン細胞といった特定の腫瘍、あるいは脳の血流や心臓の血流に乗ったりと、分子ごとに行き先を変えられる。このテクネチウム放射診断を用いれば、体内で腫瘍がどこにあるのか、どこに転移したのかなどの追跡、診断が可能になる。

スに静かにシャンパンを注いだ。

「無事に放射線が発見されたお祝いだ。プロジット《乾杯》！」

　シガーマンが差し出した携帯デバイスの画面には、アンリ・ベクレルの写真だけでなく、ノーベル物理学賞の賞状やメダルも映っていた。

「このノーベル物理学賞は、ベクレルを放射線の発見に導いた君のものだと言えなくもないがね」

「そんな、畏《おそ》れ多いです……」

「ところで、今回のミッションは、まだ終わっていない。君には引きつづき、放射性元素の発見をカバーしてもらわなければならない」

「今度こそ、キュリー夫妻ですね」

「ご名答だ」

　いよいよレオが、空前の科学の巨人、キュリー夫妻に会うときが来た。渡されたキーは1898号室。

　——量子、僕の無事を祈っていてくれ……。


　1898年、フランス・パリ。

　レオは、電気・磁気エネルギーの研究者という肩書きで、パリ市立工業物

●1898年
　明治31年。初の政党内閣が誕生（隈板内閣）。

●ピエール・キュリー
　1859〜1906。フランスの物理学者。「ピエゾ効果」の発見、「キュリーの法則」「キュリーの原理」の定式化などで知られる。

●マリー・キュリー
　1867〜1934。ポーランド出身の物理学者・化学者。旧名マリヤ・スクウォドフスカ。キュリー夫人として広く知られている。ワルシャワでは秘密結社「移動大学」に入り、革命家として活動。のちに勉学のためパリに留学してピエールと知り合い、1895年結婚。第1次世界大戦時には移動レントゲン車で負傷者の治療にあたったことでも知られる。

理化学校のキュリー夫妻の研究室を訪ねた。当時、放射性物質の研究は、参考書も先達もないまま手探りの状態で続けられており、さすがのピエールもマリーも憔悴《しょうすい》しきっていた。

レオは単刀直入に尋ねた。

「おふたりとも顔色がよくありませんが、何をそんなに悩んでおられるのですか？」

「……私たちの研究が行き詰まっているんです」

そう言って、夫のピエールが1冊の雑誌を差し出した。

「この論文を読んでみてください」

――おおっ、この時代の本物の「ネイチャー」だ！　南方熊楠《みなかたくまぐす》先生もナマで投稿している時代のものだ。すごい！

レオは、内心の興奮を押し隠しながら「ネイチャー」を受け取り、ピエールが示した論文に目を通した。それは、ケンブリッジ大学の研究者たちが連名で書いたもので、

「キュリー夫妻が研究対象にしている、ピッチブレンドという鉱石からの放射線は、そのなかに含まれるウランの量から考えると、夫妻が主張するウランの放射能のレベルとはまったく異なり、もっと多量に放射線が出ている。一定量のウランはどんな条件下でも一定量の放射線を必ず出す、という夫妻

●「ネイチャー(Nature)」
アメリカのScience誌、Cell誌と並ぶ、世界最高峰のイギリスの科学雑誌。ノーベル賞級の論文を掲載。誌名はロマン派の詩人、ウィリアム・ワーズワースの詩「永久にうたわれるまことの詩は、自然を礎にしていなくてはならない」から。

●南方熊楠
1867～1941。日本の博物学者で、コケや菌類の研究で有名。日本人でいちばん多く論文が「ネイチャー」に掲載された。知の豪傑。

●ピッチブレンド
瀝青ウラン鉱。ドイツの古語で、ペク（不運な）＋ブレンデ（鉱石）。中世の銀山で採れるハズレの石だった。

の主張は間違っている」

と主張していた。

つまり、放射線の量は、ウランに固有の物理的性質ではなく、ウランが含まれている元の物質によって異なる、というのである。これはキュリー夫妻の主張に真っ向から対立するものだった。

論文を読み終えたレオは、金属のはさみを使って、机の上にあったピッチブレンドを体から遠ざけながら慎重につまみ上げようとした。

それを目にしたマリーがすかさず言った。

「大丈夫ですよ。ピッチブレンドには、直接手で触れてもケガをするような化学的な毒性はありません。ただの石ですから」

「でも、危ないのではありませんか？　こういった放射線には、物理的な電離作用とかがあるのでしょう。エネルギーが高いということですよね」

レオはピッチブレンドを置くと、さりげなく、そばにあった鉛の塊を自分とピッチブレンドのあいだに置いた。シガーマンに渡された鉛の下着も着用しているが、用心するに越したことはない。

「この程度で人体に有害なら、みんなクルックス管のX線で死んでいますわ」

レオは、無線電信やラジオの波長は数メートルというゆるい波でエネルギーが低いから人体に無害だが、X線や放射線の波長は短く、プロボクサーが

《元素こぼれ話》
ラジウム温泉も、いまだに明確な根拠がないもので、この時代の名残である。時流に乗って大儲けして〝ラジウム御殿〟を建てた億万長者まで多数出た。そういった〝ニセ科学ブーム〟は、今日のマイナスイオンや、ネットで売られている怪しい健康食品、サプリメントや美容グッズなどと変わらない。いつの時代も変わらない必然である。こういった必然には、知性と知恵で武装して自立し、身を守るしかない。歴史は繰り返されるのである。

本気で繰り出す連続パンチのようなものだから有害なんだ、と説明しようとした。

だが、よく考えてみると、無線での通信に成功したアレクサンドロ・ポポフやグリエルモ・マルコーニもまさにいま、その無線電信を発明しようとしているところだ。ましてラジオなど誰も知らない。こんなことを教えたら、歴史に干渉することになる。

しばらく沈黙したのち、レオは言った。

「僕にいいアイデアがあります」

その言葉に、何かしきりに計算を続けていたピエールも手をとめた。

「どんなアイデアですか？」

「ピッチブレンドを等しい量に分けて、そこから抽出できたウランだけの放射線量と、ウランを取り除いたあとの残滓《ざんし》の放射線量を比べてみたらどうでしょうか？」

「そうですね、それはいいかもしれません。いますぐやってみましょう！」

夫妻はまず、放射線の量を測る電位差計にウランを数グラム置いて、測定した。

「75だわ」

「このウランと同量のウランを取り出したあとの、残りのピッチブレンドの

●ポポフ
1859〜1906。ロシアの物理学者。無線通信の発明者。マルコーニの実験成功より4カ月早かったといわれる。

●マルコーニ
1874〜1937。アンテナを用いた無線電信を開発したイタリア人。先にポポフが発明したことを聞いたマルコーニが特許化したという説が有力。1909年、無線通信を発展させた業績により、ノーベル物理学賞を受賞。

●電位差計
放射線の量を測るもので、放射線によって空気が電気を帯び、その電流をもとに測る。ピエール・キュリーが発明した。

放射線量を測ればいいのです」

「それなら、比較用に前から準備してあります。これです」

ピエールは同じ量のウランを取り出したあとのピッチブレンドの粉末を持ってくると、同じように測定した。

「200だ！」

「でも、おかしいですわ。ウランの入っていない残滓から、もっと強く放射線が出ているなんて」

「機械の故障、それ以外にはありえないんだが……」

「それは違うと思うわ。もっと論理的に、実証主義的に考えましょうよ」

肩を落とすピエールを励ますように、マリーが言った。マリーはあきらめていなかった。

すかさずレオが口を挟んだ。

「真理は、常に求めている外側にあるものです」

「どういう意味ですか？」

ピエールが聞き返した。

「つまり、ウランのような放射線を出す元素が、ほかにもあるということではないでしょうか？　しかも、もっと強烈な新しい元素が……」

「ウラニウム以外の元素が放射線を出している……？」

●実証主義
直接経験したもののみを認め、超越的なものを否定した考え方。

「そうね。私たち、ベクレル教授のウラニウムにこだわりすぎていたのかもしれない」

夫妻は頭をフル回転させているようだった。ピエールがぼそりと言った。

「やはり、実際にその新しい元素を取り出さないと説得力がないですね」

レオはここぞとばかりにプッシュする。

「どうです、思い切ってピッチブレンドを2トンほど調達し、そのなかの新元素を探って取り出すというのは。微量な元素ですから、ちょっとやそっとの量では取り出せないでしょう」

ピエールはすばやく紙に計算を書きつけた。

「2トンくらいあれば、新元素が1グラムくらい取れるかもしれない！」

その言葉に、マリーは目を輝かせた。

「新しい元素の発見へ向けて実験開始よ、あなた！　量的には、カルシウムやバリウムに隠れてすごい微量なのに、これだけの放射線を出すんですもの、きっとすごい元素だわ」

レオは、実験室にある古ぼけた黒板にチョークで絵を描いた。木でできた荷車の車輪の絵だ。

「どうです、放射線が強い元素なら、このイメージのラテン語は」

「車輪、ですか？」

《元素こぼれ話》

微量な元素でも、何が、どのくらいあるかを精密に分析できる手法が中性子放射化分析。サンプルに中性子を当て、安定した原子核に揺さぶりをかけると原子核が崩壊する。このときに生じる放射線を分析すれば、元素の種類とその量を特定することができる。元素レベルで、究極の成分を調べられる。

たとえば、犯罪捜査で、容疑者宅から出た化学薬品と、犯行に使われた化学薬品が同じものかどうかを調べるとき、高純度の化学薬品も、製造国や製造工場の違いで混入している微量元素の割合が異なるため、この方法を用いれば、一致するかしないかがわかる。

絵の具についても、製造時期により微量に含まれる元素が異なるため、古い時代の本物か、それとも現代の絵の具を使ったニセ物かを調べることができ、絵の真贋鑑定に使われる。

「ラテン語で車輪のスポークをradiusと言います。車輪の中心からスポークが突き出ているのが、真ん中の物質からエネルギーを放射している意味にぴったりじゃないですか」

「radiusに……ｉｕｍ、ラジウムか！　いい響きだ、ね、マリー」

「そうね。ますます早く見つけたくなってきたわ」

「ああ、これ以上、おふたりの邪魔をしてはいけませんね。私はそろそろ失礼します。ところでマリーさん、あなたの科学に対するそれほどまでの情熱は、どなたの影響ですか？」

　レオは立ち去る前に、マリーに聞いた。

「ポーランドの〝移動大学〟にいたとき、ある有名な化学の先生にお会いしたのです。その方は、私に『科学で幸せをつかめ』とおっしゃいました」

「ひょっとして、あなたのお父上と、サンクトペテルブルクでかつてともに学ばれた方ですか」

「よくご存じですわね。ロシアからのご旅行でポーランドに寄られたのです」

「ドミトリー・メンデレーエフ先生ですね！」

　この日から、キュリー夫妻のチャレンジが始まった。研究のために大学側が提供してくれたのは、かつては遺体置き場と解剖室だったという吹きさらしの粗末な実験室だった。2人は、夏は倒れるくらい蒸し暑く、冬は痛いほど寒い環境で耐え忍んだ。

夫妻は経済的にも困窮しており、ウラニウムを豊富に含む高価なピッチブレンドは買えなかった。そこで、オーストリア政府とウィーンの科学アカデミーにかけ合い、ボヘミアガラスの彩色に使うウランを取り出したあとのピッチブレンドの廃鉱石を2トン入手した。

チェコスロバキアのヨアヒムスタール鉱山からパリの研究室まで、貨車と荷車を使って続々と運ばれてきたが、この輸送費は夫妻が出さなくてはならず、大きな負担だった。

夫のピエールが放射線の強さを電気的に測定したり、計算したりするデスクワークを担当し、マリーは煮立った硫酸で鉱石の粉末を溶かし、さらに沈殿させて成分を分けていく化学的処理の肉体労働を担当した。

1898年7月、100グラムのピッチブレンドを乳鉢で粉砕し、分離した成分のなかから新しい元素を見つけた。マリーは祖国ポーランドへの想いを込めて、この元素を「ポロニウム」と命名した。

さらに、予想していなかったことだが、分離の過程では常にバリウム成分からの放射線が強く、精製して放射線がもとの60倍になると、また新しい元素の予兆が見られた。

●ヨアヒムスタール鉱山
中世に栄えたボヘミアの銀山。独自の通貨「(ヨアヒムス)ターラー」という銀貨を大量に生み出し、のちのドル(ダラー)の語源になった。ここのピッチブレンドからウランが発見され、ガラスを着色する釉薬に用いられた。キュリー夫妻の時代はオーストリア・ハンガリー帝国の支配地域。

●ポロニウム(Po)
原子番号84。放射性元素。おもにウランの崩壊生成物として存在。

その予兆は、かつての研究仲間のドマルセが貸してくれた最新の分光器によって見つかった。この新兵器を使うと、スペクトルという、原子が放つ元素ごとに異なる指紋のような光の線の模様を観察することができた。

弱いながらも新しい元素のスペクトルが観察され、新元素が含まれていることを確信した2人は、さらに精製、濃縮を繰り返した。そして放射線がもとの900倍になったとき、新しいスペクトルが強烈に観察されたのである。

「これがラジウムだ！　ついに見つけたぞ！」

さらに多量のラジウムを得るため、足かけ4年の歳月をかけて、合計7トン以上のピッチブレンド廃鉱石を使って実験を重ねた。そこからとれた塩化ラジウムは、耳かき1杯程度、わずか100ミリグラムほどだったが、キュリー夫妻はこのうえなく幸せな瞬間を手に入れた。

夜、暗い部屋でラジウムがひとりでに青白く光る。その美しさは、この世のものとは思えないほどだった。2人は、時間がたつのも忘れて見とれていた。

この美しい光とは裏腹に、同量のウランの400万倍という目に見えない放射線がどれだけ危険なものか、キュリー夫妻が知る術《すべ》はなかった……。

2人の不眠不休の研究により発見された放射線は、社会に大きく貢献して

●スペクトル
原子を発光させて、その光をプリズムで分解したときに得られる光の模様。元素ごとにバーコードのような模様が異なる。ラテン語のspectrum（出現・像）から。

●ラジウム
キュリー夫妻はラジウムの精製法で特許をとらなかった。

●青白い光
ラジウムが昼間光を吸収して、そのエネルギーで光る燐光。

いく。ラジウムの研究をもとにした「放射線科学」という新しい分野が誕生した。また、ピエールみずからラジウムを手に貼りつけてヤケドをつくったことにより、放射線を使って悪性腫瘍（がん）の細胞にダメージを与える治療方法が開かれた。時計の文字盤や針に、硫化亜鉛とラジウムの化合物を混合して塗り、夜間に黄緑色に光らせるアイデアも実用化された。

1903年、放射能の発見と研究により、キュリー夫妻はベクレルと連名で第3回ノーベル物理学賞を受賞した。マリー・キュリーは女性初の受賞者となった。

2年後に行われた受賞講演で、マリーはこう語っている。

「誰も、ラジウムでお金儲けをしてはいけません。それは1つの元素であり、それは万人のものなのです」

ピエールは放射線によって体を蝕《むしば》まれており、この受賞の頃には体じゅうの痛み、激しい頭痛、足の震えに悩まされる毎日だった。マリーもまた貧血や疲労がひどくなっていた。

1906年4月19日、ピエールは大学からの帰りに、マリーの赤いドレスに合うようにとイヤリングを買い、セーヌ川に架かるポン・ヌフに差しかかったところで荷馬車に轢《ひ》かれ、非業《ひごう》の死を遂げた。

マリーは絶望に打ちひしがれながらも、ピエールの後を継いでソルボンヌ

●蛍光文字盤
イタリアの高級時計、パネライは、当初、軍用時計として夜間でも光る「ラジオミール」で有名になった。臭化ラジウムと硫化塩を混ぜると、ラジウムからの放射線で硫化亜鉛が蛍光のように光る。

●ポン・ヌフ
パリにある有名な橋。ポンは「橋」、ヌフは「新しい」。

大学の教授になった。だが、当時、フランスの科学界は明らかに女性を蔑視《べっし》していた。女性の社会進出など言語道断という風潮もあり、彼女は常に好奇の目にさらされつづけた。そして生涯、フランス科学アカデミーの会員にはなれなかった。

それでも、1911年にはラジウム、ポロニウムの発見と、ラジウムの単離・研究により、マリーは2度目のノーベル賞（化学賞）を受賞した。ちなみに、娘のイレーヌ・キュリーも夫のジョリオ・キュリーとともに1935年、ノーベル化学賞を受賞している。

こうして、20世紀後半に原子力大国となるフランスの土台がつくられていったのである。

「ミスター鳴門。無事にもどってきてくれて、われわれもホッとしている。だが、さすがに今回は疲れたようだな。乾杯をする気分にもなれないような顔をしているが……」

レオは、シガーマンの言葉に小さくうなずき、重い口を開いた。

「放射線と、それに続く放射性元素の発見、そして核分裂の発見……。たしかに放射線は、工学や医療に福音をもたらしました。それは誰よりもよくわかっているつもりです。化学者として、ベクレル先生やキュリー夫妻を尊敬する気持ちに変わりはありません。ただ、そのいっぽうで、核兵器によって広島・長崎・セミパラチンスクのような悲劇や、チェルノブイリのような原発事故が起こったことを考えると……」

「前にも言ったように、発見されたものをどう利用するか……プラスに利用するか、マイナスに利用するか、それはそのときどきの人間が決めることだ」

●セミパラチンスク
カザフスタンにある都市。郊外に旧ソビエト連邦の核実験場があり、付近の住民に白血病や異常出産などの放射能汚染が広がった。仏教寺院跡が7つあるため、「7つの部屋のある町」といわれる。

●チェルノブイリ
1986年4月26日、旧ソビエト連邦（現在のウクライナ共和国）のチェルノブイリ郊外にある古い原子炉で爆発事故が起きた。事故後も数日間にわたって火災により放射性物質が撒き散らされ、その量は広島型原爆の400倍といわれる。

放射性元素

▶放射線とは、レントゲン博士によって見つけられた有名な**X線**や、さらにウランなどの原子核の崩壊で出る高エネルギーの粒子や**電磁波**のことです。レントゲンで有名なX線は金属に激しく電子をぶつけて、その結果出る電磁波で、たとえると太鼓にボールを激しくぶつけたときに出る音（音波）のようなものです。

▶一般的に放射線といった場合は、原子核の崩壊で出るものを指すことが多く、そのメカニズムの違いから３種類あります。

▶**α線**…α粒子（陽子２個と中性子２個のカタマリでヘリウムの原子核に相当する）の流れです。大きい粒子なので、透過力は小さく、紙や数cmの空気の層でさえぎることができます。しかし、人体の内部に取り込まれた放射性元素から発生すると、すぐ近くにある細胞が深く傷つきます。

▶**β線**…高速の流れで、薄い金属などでさえぎることができます。

▶**γ線**…X線のような高エネルギーの電磁波で、１mのコンクリート、10cmくらいの鉛でないとさえぎれません。

ラジウム 原子番号88

▶キュリー夫妻がラジウムを発見すると、世界じゅうで「ラジウムブーム」が起こりました。ラジウムを入れた怪しい医薬品やサプリメントが大量に売られました。もちろん薬効などない、まったくのハッタリで、放射線の害が強いものでした。

第11話 ウラニウム

「じつは、今日はお願いがあってお呼びたてしました。申しわけありません」

いつものバー・クロノスで、レオは、シガーマンの前で立ったまま頭を下げた。

「まあ、とにかくかけたまえ。ミスター鳴門から『会いたい』と連絡がくるなんて、何事かと思ったよ。その様子では、量子《りょうこ》さんの件ではなさそうだが……何かね？」

シガーマンは自分でヘネシーXOをグラスに注ぎながら、レオに尋ねた。

「僕を1回だけ、ミッションとは関係なくタイムスリップさせてほしいんです」

「で、どこに行きたいと？」

「1945年の広島です。僕の祖父母を原爆から救いたいのです」

「君はいま、ここで私と語らっているわけだから、当然、君のおじいさん、

《元素こぼれ話》

広島に投下された原子爆弾「リトルボーイ（ちびっ子）」には60kgの高濃縮ウランが装填されていた。しかし、構造が簡単なガンバレル方式（離した2つのウランの塊を爆薬の爆発によってぶつけて、臨界により核分裂させる方式）だったため、一部しか核分裂しなかった（推定では、核分裂したのはウラン235の1kg弱）。にもかかわらず、約10キロトン、つまりTNT火薬1万トン分の破壊力があった。

未反応のウランが残ってしまう広島型の欠点を克服したのが、長崎に落とされたプルトニウム型原子爆弾「ファットマン（デブっちょ）」である。インプロージョン（爆縮）方式といい、お饅頭のようにプルトニウム239を装填した構造で、外皮の周りの起爆薬を同時に爆発させ、プルトニウムを中心に集め、臨界により核爆発させた。現代の原子爆弾はこれが主流。

おばあさんも、その子どもであるお父さんも生き抜いてきたわけだ。それを助ける行為も、誰かがやらなければならないことになる……。これまでのミッションを通して、君がそう考えたとしても不思議はないかもしれないな。OK、ミスター鳴門。君の希望をかなえることにしよう」

「ありがとうございます」

「ただし、今回は正式なミッションではないので、君が必要だと思うものは自分で用意してもらわなければならない」

「わかりました」

「では、明日の夜、ここでまた会おう」

レオはシガーマンと別れたその足で、新橋駅近くの古銭や切手を扱っている店に出向き、100円札や1円札、50銭、10銭などの古銭を大量に購入した。そして、少しのお餅も……。

翌日、シガーマンに会って渡されたのは1945号室のキーだった。

1945（昭和20）年8月5日、広島。

タイムスリップしたレオは、一目散《いちもくさん》に広島の町中にある1軒の家をめざした。

《元素こぼれ話》

放射性元素がやっかいなのは、ヨウ素であれば、放射性のヨウ素131も元素ではヨウ素として何も変わらないので、自然のなかで循環し、食物連鎖に取り込まれ、放射線を出しつづけること。

そして、壊れてほかの元素になってもまた放射性元素になったりする。小学校で暴れて、中学、高校でも暴れて、社会人でも暴走、老後にやっと落ち着きました、みたいなやっかい者の感じ。

頭上を1機、プロペラ飛行機がかなり低空で飛んでいる。飛行機の翼には日の丸が見える。まるで映画のセットのようだ。

「おお、紫電改《しでんかい》じゃないか！　あれは松山基地のものか……」

旧日本軍の戦闘機に気づき、一気に気持ちが引き締まった。

——これは映画じゃない。現実なんだ。

やがて、商店街の隅に1軒の商店が見えてきた。木造の2階建てで、典型的な昭和初期の家だ。看板には〝ナルト商店〟と書いてある。雑貨を扱う商店だったが、物資も配給制のため、ほとんど休業状態だった。店の奥では若い男性が帳簿をつけている。その横で赤ん坊が泣いていた。

「あれがおじいちゃんで、赤ん坊が……僕の親父だ！」

いままでのミッションとは違い、はじめて見る自分と血のつながった人間の過去の姿に、レオは衝撃を受けた。

——ここが頑張りどころだ！　おじいちゃんならわかってくれるはずだ。

レオは店に入り、笑顔で声をかけた。

「こんにちは」

「いらっしゃい。おや、お客さん、このへんじゃ見ない顔じゃ」

「じつは、昔、こちらのお店にオヤジがお世話になりまして……」

「あんたのお父さん……？」

●紫電改
旧日本海軍の高性能戦闘機。松山基地の343航空隊に配備されていた。

レオのおじいさんにあたる男性が、ちょっととまどいぎみな笑顔を見せた。

家の奥から出てきたのは、レオのおばあさんだ。

「はい。せめて少しだけでも恩返しができればと思いまして。これ、よろしかったら……」

　レオはお餅を差し出した。

「こりゃあ、わざわざごていねいに、助かりますわ。何せこの頃は食べ物もろくすっぽ手に入らんようになってきとるしね」

「それで、お礼といってはなんですが……極秘情報をお伝えしにきたんです」

「極秘、ですか……そんな大げさなこと言うて」

「……明日にでもという勢いなんですが、この広島は大空襲を受けることになります。これはアメリカ軍の間諜《かんちょう》（スパイ）を尋問してわかったことなんです。怪しいと思われるかもしれませんが、ほんとうです。信じてください」

「空襲の予告のビラもあるしのお、まんざらでたらめでもなさそうじゃ。この人もここまでわざわざ来てくださったし、おまえ、どうなん、ここはひとつ店を閉めて、１週間ばかり島根の竹ちゃんのところにでも行かんね」

「あんた、店を閉める言うて、そんなあ」

「どうせ売るもんもないし、開けててもしょうがないで。荷物をまとめて、明日の朝一番の芸備線の汽車で出かけようやあ」

《元素こぼれ話》

放射性元素の寿命を表すのが半減期。１００個のうち半分の50個が放射線を出して壊れていく時間を「半減期」といい、半減期が２回たつと、２分の１の２乗（２回かける）でもとの量の４分の１になる。

半減期は原子ごとに違い、ウラン２３８から生じるプルトニウム２３９の半減期は２万４０００年。原子力発電所で今日生じた放射性廃棄物が安全なレベルまで下がるのは30世紀頃！になる。

「ぜひ、そうしてください。失礼かとは思いましたが、お金も少し用意してきました。それから、空襲のあと降る雨には爆弾の有害物質が含まれていますから、外には出ないほうがいい。生水もあまり飲まないように……。島根で何かを聞いても、絶対に、しばらく広島にはもどらないでください。明日、僕も汽車で出るんでお迎えにきます」

翌8月6日朝。レオはナルト商店に向かって町を歩いていた。通り過ぎるすべての景色を見ながら、罪悪感に苛《さいな》まれつづける。

「僕がいま教えてあげれば、ここにいる大勢の人を助けられる。何にもできないのか、僕は……。同じ日本人なのに……」

慰問演劇団「桜隊」の宿舎の前を通りかかった。朝ごはんの支度をしたり、外で作業したりしている若者たちの姿が目に入った。

「彼らもみな、今日、やられてしまうのか……」

とてつもないやるせなさが襲ってきた。中学生のとき修学旅行で訪れた広島の原爆資料館で見た、あの廃墟の町で、いま人びとが生き生きと生活している。しかしこれも、あと1時間で無になってしまうのだ。

レオは、ふらふらと「桜隊」の木造宿舎の入り口に足を踏み入れた。

「すみません……」

●桜隊
職業劇団で、唯一、広島で原爆の被害を受けたとされる。当時の日本は演劇などすべてが軍部の統制下にあった。

そう言おうとしたとき、後ろから強い力で体を引かれた。驚いて振りかえると、そこにヘルメスが立っていた。

「感情に流されないで！」

ヘルメスの目は哀しみと怒りに満ちていた。

「歴史というのは冷酷なものなの。あなたは神じゃないのよ。さあ、ナルト商店に行っておじいさまとお父さまを救うんでしょ！」

ヘルメスの強い言葉にわれに返ったレオは、足を速めてナルト商店に向かった。途中で、1軒の家のなかからラジオ放送が聞こえてきた。

「中国軍管区発表、警戒警報発令。未確認飛行機1機、広島上空に侵入せんとす」

その家の人が、朝ご飯を食べながら話している声も聞き取れた。

「1機じゃ、どうせアメリカの偵察機じゃろう、やっこさん、わしらの大和魂にビビッて見物だけして、手出しができんのじゃ。臆病者め！」

レオはまたもや自責の念にかられた。

「この1機は、原爆を投下する直前に天候をリサーチするための気象観測機なのに……僕はそれを教えることができない」

ナルト商店では、すでに出発する準備が整っていた。レオは、赤ん坊を連れた鳴門家一行を連れ出し、広島駅に向かって歩いた。広島駅には、茶色い

●**気象観測機**
当時の爆撃は目視で雲量に左右されたので、直前に雲量を観測した。8月9日は小倉が曇りだったため、長崎に原爆が落とされた。

木造客車を連ねた列車が止まっていた。

列車に乗り込み、木製の椅子に座る。しばらくすると、汽笛がポーッと悲しげに鳴り、それを合図に列車は出発した。時計は朝8時前を指している。

「なんでも、日本の大きな町にアメリカがすげえ爆弾を落とすから、みんな逃げろっていう警告のビラが、アメリカの飛行機から広島にもまかれたらしいんよ」

「そがあなのは鬼畜米英のデマ、宣伝じゃ！　デマに乗ることあないで！」

「軍都・広島はやられん！」

レオは人びとの会話を聞きながら、歴史の残酷さに押しつぶされそうになる。感情を必死で押し殺し、レオは言った。

「鳴門さん、僕は途中の駅で降ります。どうかみなさん、ご無事で」

「戦時下じゃけん、これから何があるんか、お互いわからん。あんたもどうかご無事でのう」

レオは、「僕はこの赤ん坊の子どもです、あなたの孫ですよ」とおじいちゃん、おばあちゃんに言いたかったが、もちろん口にすることはできない。

列車は広島市街を後にし、トンネルに入った。暗がりのなかで、運命の8時15分になった……。

《元素こぼれ話》
原子番号92番のウランからあとの元素は、人工的につくられた元素である。南太平洋の核実験で発見されたものや、加速器によって人工的につくられた元素。いまでも日常浴びているバックグラウンド放射の数%は、米ソ冷戦の時代の膨大な核実験で生じた放射性物質の名残。

原子力発電と核兵器

▶ウランの原子には体重が重いものと軽いものがあります（お互いを同位体といいます）。重いウランはウラン238（^{238}U）、軽いウランはウラン235（^{235}U）といい、頭文字の数字は質量数といわれます。

▶軽い原子のウラン235は、自然界には微量（0.7%）しか含まれていませんが、**中性子**という粒子をビリヤードみたいにぶつけると、壊れて２個の中性子を出しながら分解します。こういった、ほかの元素にちぎれて分解するのを、細胞分裂に似ていることから**核分裂**といいます。

▶そこでウラン235を密集させて中性子を当てると、はじめに壊れた原子から中性子が２個出て、それがまわりの２個の原子にもぶつかっていきます。さらに、この２個の原子がそれぞれ２つの中性子を出し、というように、ねずみ講のような倍々ゲームで核分裂が進みます。これを**連鎖反応**といいます。

▶この連鎖反応では、原子の組み替えが起こる化学反応と違って、原子核が壊れる**核反応**というものなので、莫大なエネルギーが生じます。ゆっくりコントロールしながら核分裂させると、長時間エネルギーを取り出せるので、水を沸騰させて水蒸気で風車のようなタービンをまわして発電するのが**原子力発電**です。もっと過激に、ほんの一瞬0.0001秒とかのスケールですべて開放して核分裂させるのが**原子爆弾**になります。

▶原子力発電所で発電に使うウラン235は、ウラン全体の３～５%まで濃くされたもので、さらに、核兵器では90%まで濃くします。この過程を**濃縮**といい、核兵器開発のいちばんのネックになるところです。

第12話　量子の奇跡

――あのバーでシガーマンと会うのは、これでもう何度めだろう。

シガーマンから連絡を受け、コンラート・ホテルへと愛車を走らせながら、レオはこれまでのミッションの数々を思い返していた。

――危険な目にもあってきたけど、こんな貴重な体験ができるなんて、化学者として幸せなことだ。シガーマンのおかげ、いや、そのきっかけをつくってくれた量子《りょうこ》のおかげだな。……量子、君に話したいことがたくさんあるんだ……。

レオの思いが通じたのだろうか。バーについたレオにシガーマンが告げたのは、ミッションではなく、量子のことだった。

「ミスター鳴門、これまでの君の働きにわれわれが報いるときが来た。ちょうど大学も夏休みだろう。量子さんを搬送してスイスへ向かってくれ」

「ちょっと待ってください。量子を病院から連れ出す？　しかもスイスま

《元素こぼれ話》

量子（クォンタム）とは、「とびとびの不連続的な量」という意味だが、物理ではエネルギーの集まりを表す。電子やクォークといった粒子もエネルギーの塊と見なせる。こういった素粒子が11次元のエネルギーのヒモのようなものの振動の違いからできている、とするのが超ヒモ理論。無形のエネルギーと有形の物質は、アインシュタインの方程式$E=mc^2$（エネルギー＝質量×光速の2乗）なので、わずかな質量がエネルギーになっても核爆発が起きる。また、逆に物質がなくてもエネルギーから物質が誕生する（ビッグバン）。

で？　ミスターシガーマン、あなたもご存じのように彼女は……」

レオの言葉を、シガーマンがさえぎった。

「もちろん、すべてわかったうえで手配してある。移動の飛行機は、私のガルフストリームを使い、ＣＥＲＮ《セルン》（ヨーロッパ連合原子核研究機構）に行ってもらいたい」

「世界じゅうの物理学者にとって垂涎《すいぜん》の的《まと》であるラージ・ハドロン・コライダー（ＬＨＣ）のある、あのセルンですか」

「そうだ。セルンとわれわれとは浅からぬ関係にあってね。安心して量子さんを任せてほしい。そして、すべてが終わったら、彼女とドライブでも楽しみたまえ。君はイタリア車が好きなんだろう。これは私からの個人的なプレゼントだ」

シガーマンから渡されたキーには、アウトモビリ・ランボルギーニのエンブレムが入っていた。


セルンに着くと、所長が出迎えて歓迎してくれた。シガーマンの根回しのおかげでＶＩＰ待遇である。

さっそく、ＬＨＣの施設内の部屋に案内された。ここでは、原子を構成する陽子と陽子をぶつけるという史上空前の〝物理学ショー〟が行われており、

●ガルフストリーム
プライベートのジェット機。おニューなら約15億円以上。

●ＬＨＣ
大規模ハドロン衝突施設。地下に埋設された円形のトンネルは1周27㎞。超電導磁石により陽子を周回させて加速し、正面衝突させる。ハドロンは陽子や中性子などクォークが強く結びついてできる粒子。ハドロスはギリシャ語で「強い」の意味。

物理学者やエンジニアが世界じゅうから多数参加していた。

人類は20世紀には、加速器を用いて電子や原子核同士をぶつけたりしてきたのだが、21世紀になると、ついに電子より1840倍も重い陽子同士を光速に近いスピードで激しくぶつける実験に入ったのである。

この衝突のエネルギーはビッグバン直後のエネルギーに相当し、まさにビッグバンの再現になる。さらに微小なブラックホールの生成、重力や万有引力の起源となるグラビトンといわれる粒子や、質量のもとになる粒子の存在までが明らかになると期待されていた。これを担っているのがLHCなのだ。

そしていま、光の速さの近くまで加速された陽子同士を大量に衝突させる瞬間が、刻一刻と近づきつつあった。

「いよいよブラックホールの誕生か。だが、これでほんとうに量子は治るんだろうか……」

レオが不安げにつぶやいたとき、突然、ヘルメスが姿を現した。

「この装置と私の能力を用いれば、彼女の病気を量子《クォンタム》の波動レベルで治療できます」

「量子《クォンタム》のレベル……?」

「そう。あなたたち21世紀の化学者は、やれ酵素だの伝達物質だのと、分子という表層しか見ていないけれど、そんなものはたんなるシンボルであって、

●光の速さ
秒速30万km。相対性理論によると、光の速度に近づくにつれて質量が無限大に向かうので、加速するエネルギーが大きく必要になる。

●酵素
蛋白質でできた触媒で、生体内のさまざまな反応に関わる。最近の薬は悪玉の酵素に結合して邪魔をするように設計してつくられたものが多い。タミフルなど。

本質はその背後にあるんです」

「分子の相互作用が表層だって？」

「そうです。細胞のなかでウイルスの酵素に特効薬の分子が結合するなんて、まるで25mプールでリンゴとジャガイモが衝突するような話です。原子や分子は量子《クォンタム》の場の表面の皺《しわ》、泡沫《バブル》にすぎません」

「……」

「私を信じて。量子さんは必ず治ります」

ヘルメスは真剣な眼差しで、きっぱりとそう言いきった。そして、表情をやわらげると、レオに手のなかのタロットカードを見せた。

「ヘルメスさん、これは前にも使っていたタロットカードですね」

「これでミスター鳴門との恋占いをしてみようかしら……。ただのタロットでないことはご存じですよね。これを使えば、恋愛も成就《じょうじゅ》するかもしれない」

「でも、化学と恋愛は別ものですからね」

「そうでしょうか。ケミストリーも男と女の関係のようだと思いませんか。金属元素の男と、非金属元素の女の恋物語みたいな……」

「たしかにね。くっついたり離れたり、肉食系から草食系まで……」

いよいよ、カウントダウンが始まった。無数の陽子の流れのビームが双方

《元素こぼれ話》
金属の性質を示す金属元素は、電子を出して陽イオン（⊕イオン）になりたがっているグループ。いっぽう、その反対の性質の非金属元素は、電子をもらって陰イオン（⊖イオン）になりたがっているグループ。金属と非金属の中間的なキャラクターを持つ元素は半導体になるものが多い。

第１２話　量子の奇跡

向から流れて、徐々に接近していく。

　ヘルメスが床の上に口紅で大きな四角を描きはじめた。まるで結界のようだ。そして、Ar、W、Er、Frと書かれたタロットカードを四隅に並べた。

「何かのおまじないですか」

「何のメタファーか、先生にはおわかりになりませんか」

「元素のタロット……。アルゴン、タングステン、エルビウム、フランシウム、何の組み合わせかな？」

「元素のダジャレです」

「……そうか！　Air、Water、Earth、Fireか。古代からの四大元素にひっかけているんだ」

　このとき、モニター越しに、装置内でついにビームが重なり、大量の陽子同士がいっせいに正面衝突しはじめたのが見えた。光が溢れる。

「光より出でて光に帰りし……」

　ヘルメスは何かをつぶやきながら、すっとレオに近づいた。

「最後にお願いがあります」

「何ですか？」

「……キスしてください」

「それは……」

●アルゴン(Ar)
　原子番号18。空気中に、窒素、酸素に次いで多く含まれる。溶接などに使われる。ギリシャ語で「怠け者」の意。
●タングステン(W)
　原子番号74。電球のフィラメントに使用されている。
●フランシウム(Fr)
　原子番号87。放射性元素。発見者ペレーの故郷であるフランスに由来する。

レオは、目を閉じたままベッドに横たわる量子を見た。

「量子さんと私は同じなんです。彼女が私、私が彼女。対生成、対消滅……」

レオは混乱していたが、言われるがまま、量子とそっくりのヘルメスを引き寄せてキスした。ヘルメスの全身が光り輝く。

「ありがとう。1つはすべて、すべては1つ……」

ヘルメスの姿も声も、光とともに消えていった。

と同時に、別の声が聞こえた。

「レオさん？　ほんとうにレオさんなの？」

なんと、量子が目を開け、レオに微笑みかけている。

「量子、お帰り……」

レオは量子を抱きしめた。

モニターには、ビッグバンの再現と微小ブラックホールの誕生、いくつかの未知の粒子を示すデータが捉えられていた……。

●対生成、対消滅
　量子力学において、真空から電子と、正反対の陽電子がペアで生成し、離れて遠方で片方が消滅すると相手も同時に消滅する現象。
●1つはすべて、すべては1つ
　錬金術師の合言葉。

エピローグ

　シガーマンからのプレゼントは、空港近くのホテルの駐車場でレオと量子《りょうこ》が来るのを待っていた。

　黄色のランボルギーニ・アヴェンタドール・ロードスター。

「本物だ！　すごい！」

　美しいボディをなでながら、レオは思わず大声をあげた。

　──まさか、ヘルメスさんが元素リコンビナントでつくりだしたわけじゃないよな。その辺にいたりして……。

　あたりを見まわすレオに、量子がとびきりの笑顔を見せた。昨日まで、意識不明の重病人だったのがまるで嘘のようだ。

「レオさんたら、子どもみたいね。でも、いつのまにこんなすごい車を買ったの？　あ、わかった、レオさん、私に内緒でＦＸか何かで儲けたんでしょ？」

●アヴェンタドール
　ランボルギーニの新型。約4000万円。ロードスターとは2座のオープンカーのこと。

「買ったんじゃない。ごほうび、なんだ。話せば長いんだけど……」

「……わかってる、レオさん。レオさん、いつも私に話しかけてくれてたでしょ。私、ちゃんと聞こえてたから。私もメンデレーエフ先生に『フィアンセです』って紹介されたかったな、なんてね」

「量子……」

「それよりレオさん、早くドアを開けて」

量子にせかされ、レオは助手席側のドアをボタン1つで静かに押し上げ、彼女をシートに座らせた。

「あ、レオさんあての手紙が置いてある」

シーリングワックスで封印された手紙を開封すると、なかにはこう書かれていた。

D'où venons-nous?
Que sommes-nous?
Où allons-nous?

「われわれはどこから来たのか？　われわれは何者なのか？　われわれはどこへ行くのか……。ヘルメスさんらしいな」

思わず笑みがこぼれた。

「なあに、レオさん。うれしそうな顔して。ひょっとしてラブレター？　そ

●ヘルメスの手紙の言葉
ポール・ゴーギャンがタヒチで描いた有名な絵のタイトル。

ういえば、ヘルメスさんとかいう女性の話をしてたような気が……」

「え？　夢でも見たんじゃないか。さて、僕たちはどこへ行こうか」

「そうね、ちょっと気が早いけど、プレ新婚旅行ってことで……せっかくだから、プロヴァンスに行ってみたいな」

「はい、奥さま、かしこまりました。では、いざ出発！」

レオは緊張しながらエンジンをかけ、カーナビのスイッチを入れた。

いい1日になりそうだ……。


カーナビのモニターに、緊急メッセージが流れた。

――日本時間○時○分……日本の原子力発電所が爆……

「量子、日本にもどらなければならない。僕にはやるべきことがある……」

レオの脳裏には、葉巻をくゆらすシガーマンの姿とアンリ・ベクレルの笑顔が浮かんでいた。

《了》

●プロヴァンス
南フランス地方。ニースやアルル、アヴィニョンなどの街がある。ラテン語の「プロヴィンキア」（〈ローマ帝国の〉属州）から。古くはオクシタンといった。

あとがきに代えて

これを読まれているみなさんは、炭素でできたインクを見て、脳内ではカリウム、塩素などのイオンがつくる電気のパルスや分子の伝達物質でものを考えています。

毎日食べているハンバーガーやおにぎりも、炭素や水素、酸素などの元素が集まった塊です。日常から複雑な宇宙まで、結局のところ、万物は100種類くらいの元素でできているのです。

その原子は、さらに陽子や中性子、電子といった素粒子に分けられ、陽子や中性子はクォークという粒子に分けられます。こういった素粒子は、エネルギーの塊ですから、この世界・宇宙は、エネルギーの染みのようなものの濃淡、水墨画のような世界だということができます。

21世紀に人類がたどり着いた科学の結論（量子力学というものによるところが大きい）が、仏教のブッダの般若心経などで語られている「色即是空　空即是色」のような世界観、目に見えない「空」という素粒子の世界、エネルギーの濃淡が「色」という森羅万象を生み出しているという視点で酷似《こくじ》しているのには驚かされます。

2年前に、はじめて元素の企画の話があったとき、すでに元素を解説している本はたくさんありましたから、まったく新しいSF小説形式をとることにしました。ほんとうは、「人類の知はどのようにして得られてきたのか?」を描きたかったのですが、今回は元素の発見に絞りました(泣)。

無数の名もなきチャレンジャーがいて、多くの殉教者たちが犠牲になる……そうやって人類が苦難を歩み、知を発見して紡《つむ》いできたことのロマンを感じていただけたら幸いです。

私自身、受験勉強を教えることを生業《なりわい》とするなかで、日本の受験システムでは勉強=詰め込み、暗記という無味乾燥な作業に収斂《しゅうれん》していることに危機感があります。

本来、勉強というものは自分を豊かにし、社会を豊かにするためのものです。未曾有の大災害や疫病が起こったとき、知を身につけた者が二度とそういった悲劇が起こらないようにする、そのための勉強のはずです。

日本では知を育《はぐく》むことと勉強が乖離《かいり》してしまっているのです。ラテン語の格言に、

Non scholae sed vitae discimus.

というのがあります。

「われわれは学校のためではなく、生きるために学ぶ」という意味です。

数学も理科も、勉強はつきつめると、「自分が豊かに生きる」ためにあります。

本書で登場するラジウムも、かつては夜光塗料として時計工場などで使われていましたが、多くの女工たちが〝ラジウムガール〟と呼ばれ、放射線の被曝で苦しみました。ラジウムはブームを巻き起こし、そのエネルギーが体にいいと謳われてラジウム飲料水などがバカ売れしたため、多くの人が被害にあいました。

こういったはめこみ的な詐欺、インチキ商法に巻き込まれないように、知性で武装し、思考停止することなく自立しなければなりません。知ることを拒絶し、他人まかせにした先に、ナチズムやポルポトのような独裁国家の悲劇、大規模な公害、環境破壊などが待ちかまえていることは歴史が教えるとおりです。

30億年くらい前に、海のなかにできた海苔のようなものが進化して、それがやがて猿になり、そして火を恐れずに使いはじめ、知性によってテクノロジーを進化させてきた結果、今日の世界があり、いまの自分がいる……。

そういう偶然の重なり、奇跡の連続と壮大なスケールで捉えて、この世界がエネルギーの濃淡でしかない、という悟りを開くと、仕事がうまくいかなかったり、失恋したり、財布をなくしたりしても、くよくよせずに、少しは楽になれるのではないでしょうか。

本書が、みなさんの広い世界観のお役に立てれば幸いです。

Scientia est potentia.

知ることは力である。

大宮 理

◉—参考文献（五〇音順）

『新しい量子生物学』永田親義著（講談社ブルーバックス）
『生きて死ぬ智慧』柳澤桂子文、堀文子画（小学館）
『科学英語語源小辞典』前田滋／井上尚英編（松柏社）
『科学の運』アレクサンダー・コーン著、田中靖夫訳（工作舎）
『化学の生い立ち』竹内敬人／山田圭一著（大日本図書）
『化学の原論 上・下』メンデレーエフ著、田中豊助／福渡淑子訳（内田老鶴圃）
『科学の歴史』大沼正則著（青木書店）
『科学用語（独・日・英）語源辞典 ラテン語篇』大槻真一郎著（同学社）
『家電製品がわかるI・II』日本化学会企画・編集、藤嶋昭／井上晴夫監修、佐藤銀平著（東京書籍）
『薬の話』ウォルター・モードル／アルフレッド・ランシング著、宮木高明訳（タイムライフブックス）
『グレイ化学—物質と人間』H. B. Gray / J. D. Simon / W. C. Trogler 著、井上祥平訳（東京化学同人）
『元素１１１の新知識』桜井弘編（講談社ブルーバックス）
『元素大百科事典』Per Enghag 著、渡辺正監訳（朝倉書店）
『元素の王国』ピーター・アトキンス著、細矢治夫訳（草思社）
『元素の百科事典』John Emsley 著、山崎昶訳（丸善）
『元素発見の歴史１・２・３』M・E・ウィークス／H・M・レスター著、大沼正則監訳（朝倉書店）
『コネクションズ—意外性の技術史10話』J・バーク著、福本剛一郎他訳（日経サイエンス）
『実感する化学 上・下』A Project of the American Chemical Society 著、廣瀬千秋訳（エヌ・ティー・エス）
『周期表』Eric R. Scerri 著、馬淵久夫他訳（朝倉書店）
『シュワルツ博士の「化学はこんなに面白い」』ジョー・シュワルツ著、栗木さつき訳（主婦の友社）
『セレンディピティー』R・M・ロバーツ著、安藤喬志訳（化学同人）
『創造的発見と偶然』G・シャピロ著、新関暢一訳（東京化学同人）
『ビジュアルエイド化学入門』竹内敬人著（講談社）
『百万人の化学史』筏英之著（アグネ承風社）
『フィールド 響き合う生命・意識・宇宙』リン・マクタガート著、野中浩一訳（インターシフト）
『物質の構造』ラルフ・E・ラップ著、高木修二訳（タイムライフブックス）
『見て楽しむ量子物理学の世界』ジム・アル・カリーリ著、林田陽子訳（日経ＢＰ社）
『目で見る美しい量子力学』外村彰著（サイエンス社）
「化学異聞」栗屋裕著（「月刊化学 １９９４年9月号」化学同人）
「化学異聞」栗屋裕著（「月刊化学 １９９５年1月号」化学同人）
「月刊化学 １９９８年10月号」（化学同人）

【著者略歴】
大宮 理（おおみや　おさむ）
1971年生まれ。都立西高校、早稲田大学理工学部を卒業後、大手予備校の化学講師となる。現在、河合塾の名古屋地区で授業を持ち、名古屋と東京の二重生活を送る。読書、食道楽、酒、料理づくり、クルマ、自転車、海潜り、旅行と多趣味が災いして、悟りきれない独身貴族（泣）。
著書に、『カリスマ先生の化学』（ＰＨＰ研究所）、「大宮理の化学が面白いほどわかる本」シリーズ（中経出版）、『大宮理の化学 化学Ⅰ・Ⅱ明快解法講座』（旺文社）などがある。

装幀――――――芦澤泰偉
装幀イラスト―――伊藤明十
本文イラスト―――風原士郎
編集協力・DTP――月岡廣吉郎

もしベクレルさんが放射能を発見していなければ。

2011年8月10日　第1版第1刷発行

著　者◎大宮　理
発行者◎安藤　卓
発行所◎株式会社ＰＨＰ研究所
東京本部　〒102-8331　千代田区一番町21
生活文化出版部　☎03-3239-6227（編集）
普　及　一　部　☎03-3239-6233（販売）
京都本部　〒601-8411　京都市南区西九条北ノ内町11
PHP INTERFACE　http://www.php.co.jp
印刷所◎大日本印刷株式会社
製本所◎東京美術紙工協業組合

ISBN978-4-569-77922-5